张路明

坚定信念，持之以恒

精益求精，勇于创新

“大国工匠人物传”丛书

张路明

给短波通信插上『翅膀』的人

王红◎著

中国工人出版社

图书在版编目（CIP）数据

张路明：给短波通信插上“翅膀”的人 / 王红著. 北京：中国工人出版社，2025. 9 -- ISBN 978-7-5008-8763-8

Ⅰ. I25

中国国家版本馆CIP数据核字第2025L27D99号

张路明：给短波通信插上“翅膀”的人

出 版 人　董　宽
责任编辑　葛忠雨
责任校对　张　彦
责任印制　黄　丽
出版发行　中国工人出版社
地　　址　北京市东城区鼓楼外大街45号　邮编：100120
网　　址　http://www.wp-china.com
电　　话　（010）62005043（总编室）
　　　　　（010）62005039（印制管理中心）
　　　　　（010）62379038（社科文艺分社）
发行热线　（010）82029051　62383056
经　　销　各地书店
印　　刷　宝蕾元仁浩（天津）印刷有限公司
开　　本　880毫米×1230毫米　1/32
印　　张　4.75
字　　数　80千字
版　　次　2025年9月第1版　2025年9月第1次印刷
定　　价　49.00元

国之大者，工匠先行

——“大国工匠人物传”丛书总序

在中华全国总工会成立100周年之际，全国总工会宣传教育部、中国报告文学学会、中国工人出版社联合开展了“文艺工作者走基层”活动，推出“大国工匠人物传”丛书，向全国总工会献礼，向广大劳动者致敬！

“知者创物，巧者述之守之，世谓之工。百工之事，皆圣人之作也。”这是中国所见年代最早的关于手工业技术文献《考工记》中对工匠的记载。“工”之责在于造物，“匠”者为能工鼎识者也。

幼时，老家云南昆明大板桥的老街上，从南头到北头，都是大大小小的手艺人，木匠、石匠、焗匠、骟匠、竹篾匠、鞋匠、箍桶匠……空气中飘荡着木匠的刨花香和石匠敲打出来的粉尘，充满着焗匠手中皮带的“吱扭扭”声、骟匠刀下小猪猡的闷哼、箍桶匠皮锤不轻不重的敲击声。老街上的竹篾匠是我的一个表姨夫，他来自四川，有着一手出神入化的编造竹篾手艺。粗壮的毛竹是表姨夫手中的“百万雄兵”，在一把锋利无比的刀的指挥下，被劈成厚薄、粗细不一的篾。表姨夫的本领仅次于撒豆成兵的天神，他能化篾成物，一般家里能见到、用到的器物，他都能用竹篾编出来。母亲曾命我在老街上买一个暖水瓶的内胆，然后去表姨夫的摊位上，坐等他为暖水瓶胆编制一件竹制的外壳。那个暖水瓶至今还在我家老屋的一个角落里。竹篾壳早已被岁月包了浆，虽然久不使用，却依然油润、红亮。这便是我幼时对匠人的记忆。

五千多年的中华历史长河中，涌现出了无数能工巧匠，他们或如明月光照，或如星河璀璨。一代代薪火相传的工匠精神，不仅成就了那些流芳百世的绝世建筑与器物，更是烛照我们通向文明现代化进程的精神之光，是我们文化的自信心、民族的根与魂。

从“嫦娥”探月到“祝融”探火，从“北斗”组网到“蛟龙”深潜，从港珠澳大桥横跨三地到大兴国际机场凤凰腾飞……这些挺起中华民族脊梁的大国重器、世纪工程背后，无不凝聚着万千工匠的心血和汗水，映照着工匠们孜孜以求、拼搏奋进的身影。

本套丛书收录的是全国总工会历年评选出的大国工匠

的人物传记。他们当中有焊接高铁的“工人院士”李万君、打破国外高端设备维修垄断的王树军、让中国锻件立于世界之巅的刘伯鸣、“人刀合一”的顶级钳工李凯军、在高空“穿针引线”的竺士杰、油田里的创新能手刘丽、了不起的“钢铁裁缝”艾爱国、数控机床上的“雕刻师”孟维、让三星堆文物“活”起来的郭汉中……他们有的是传统加工业的锻造者，为了突破技术瓶颈精益求精；有的是新兴制造业的探路者，为了实现精密制造巧思妙想；有的是军工行业的铸剑者，为了打造国之重器默默坚守；有的是民间手工艺的守护者，为了传承非遗文化精雕细琢……他们奋战在国防军工、装备制造、传统工艺等行业的第一线，以久久为功的钻研和创新，造就了一个个传奇。

这些杰出的工匠，尽管行业不同、岗位不一，成长经历各异，但他们都有着爱党爱国、敬业奉献、创新争先的优秀品质。他们耐得住清贫与寂寞，用灵巧的双手和精湛的技艺，数十年如一日地在平凡的岗位上雕琢自己心中的梦想，以实际行动诠释着“执着专注、精益求精、一丝不苟、追求卓越”的工匠精神。“天下大事，必作于细。”工匠精神既是中华民族技艺世代传承的价值理念，又是中国开启新征程，从制造业大国迈向制造业强国的时代需要。

“大国工匠是我们中华民族大厦的基石、栋梁。”2024年3月5日，习近平总书记参加十四届全国人大二次会议江苏代表团审议时强调“树立工匠精神”，指出“没有金刚钻，揽不了瓷器活”，要“把第一线的大国工匠一批一批培养出来”。党的十八大以来，习近平总书记对建设高素质劳动大军高度重视，强调“当代工人不仅要有力量，还要有智慧、有技术，能发明、会创新，以实际行动奏响时代主旋律”，深刻阐述工匠精神“执着专注、精益求精、一丝不苟、追求卓越”的内涵要义，号召全社会弘扬工匠精神，“为全面建设社会主义现代化国家、实现中华民族伟大复兴的中国梦提供有力人才和技能支撑”。

“匠心聚，百业兴。”无论是传统产业，还是新兴产业、未来产业，大国工匠在发展新质生产力的历史进程中不可或缺。随着经济发展方式转型和产业结构升级，中国要实现由制造大国向制造强国的转变，实现由中国制造向中国创造的跨越，离不开广大劳动者的创新和创造，更离不开对工匠精神的继承和发扬，于是呼唤更多大国工匠成为时代强音。

文艺是时代进步的号角，最能代表一个时代的风貌，最能引领一个时代的风气。中国报告文学学会、中国工人出版社联袂推出“大国工匠人物传”丛书，以图书的形式为大国工匠树碑立传，让他们的故事和精神具有更广泛的交流传播价值和长久的史料价值。本套丛书的写作者奔赴大国工匠生活的城市，深入大国工匠工作的厂区、车间、工作室，获取了全面细致的第一手材料，最终将大国工匠的成长、成才故事呈现在读者面前。

“大国工匠人物传”丛书讲述的是个人奋斗史，也描绘出大国工匠的群体形象。可以说，这套丛书是目前国内系统研究众多大国工匠人生轨迹的权威读本，既有对每位大国工匠的整体介绍和事迹梳理，又有具体的事件、案例，全面、生动地展示了大国工匠各个人生时期的工作和生活状态。

新时代是奋斗者的时代，中国式现代化建设新征程这一宏伟事业为广大工匠技能人才成就梦想提供了广阔舞台。每位劳动者都是主角，都可以成为工匠精神的践行者。大国工匠是新时代的最美奋斗者，更是和平年代当之无愧的英雄。

国之大者，工匠先行，向着中华民族伟大复兴的目标砥砺奋进，行稳致远。

是以为序。

目 录

引章 去南方

冬日，我要去南方了。

直隶上谷到岭南花城，虽逾千里之遥，交通却甚是便利。可乘飞机，亦可坐高铁。我打开 App 查看通行信息，飞机用时相对短些，只是要先驱车两个小时，到大兴或首都机场，再乘航班。虽颇有些周折，却可在云海间，与南飞的大雁伴行，去寻一只隐身的铁鸟，观其羽翼曼妙，也是惬意之为。陆上，则高铁直达，可免奔波之劳顿，亦可途经本书传主张路明的故乡。原本计划踏访张路明的老家，到他的母校，感受他的成长之地。然机缘未到，只好作罢。

到空中去吧，与电波一同，扶摇万里。刚选定航班，却有湘楚入梦来。是我对长沙的牵挂，也是长沙予我的邀请。遂决意乘高铁南下。

轨道伸向远方，列车以 330 公里的时速疾驰。

车厢里，播放着中国传统建筑结构榫卯的三维动漫。槽口榫、企口榫、燕尾榫、穿带榫、扎榫，一横一竖，一凹一凸，进退间浸透着中国哲学的深意。蓦然，一股浓重的中国红，由记忆深处喷涌而出。那是 2010 年，我国在上海浦东举办第一次综合性世界博览会，中国国家馆内，以斗拱榫卯，叠篆文字，构建起大红的“斗冠”，向世界彰显了中国气派。

技可进乎道，艺可通乎神。中国传统工匠精神之于中国，与哲学思想道通为一。

榫卯的魂，在于凸出的榫头与凹陷的卯眼，阴阳咬合，天衣无缝；手艺，便在有与无的万般变化中，极简却又奢极，最能展现匠人匠心。

民间把榫卯结构的祖师爷归于鲁班，足见其溢彩。1973 年，在浙江省余姚河姆渡文化遗址，发现了原始木质建筑遗迹，使用的正是榫卯结构。

五千年的岁月，融在中国人的血脉里。造纸术让孔子的韦编三绝成为绝唱，指南针给人类更大的视域，印刷术让学问不再止步于学富五车，火药让古老的中国有了焰火之欢愉。

陆游《读易》诗云“无端凿破乾坤秘，祸始羲皇一画时”，怕是揭开了世间的秘密。上古先人，一画开天，用他们的智慧，文而化之出多元。不仅为中国，更为世界文明的进步提供了可能。

正当我思绪飞扬，青鸟从榫卯的木质构件里幻化而出，飞向了窗外。我循着它飞去的方向眺望。

它将飞向哪里？

青鸟，去了长安，衔了瑶池宫阙里的双鲤。彼时，长安城外，孤烟袅袅，那是烽燧燃起的狼烟吗？金戈铁马的嘶鸣之音，似从远处传来，是哪一场战事，周幽王为博褒姒一笑燃起的烽火？抑或是卫青、霍去病抗击匈奴的烽烟？

我不禁愕然，长安、镐京，是我将要采访的大国工匠张路明读大学的地方，怎会有如此巧合？

高考后，张路明为了自己钟情的专业，以高出录取分数线30分的成绩，走进了西安电子科技大学。西安电子科技大学的前身是中央军委无线电学校，1931年诞生于江西瑞金。从此，张路明开启了40年的军工生涯。

我收回思绪，车厢里传来悦耳的声音，长沙站到了。我踱步下车，在月台作片刻停留，迅疾返回车厢。初冬，退去苍茫，在不惑的从容中，已陡增了浅淡的绿，渐次，随着车向南行，绿意变得浓烈起来。此时，我才恍然，时速将季节洞穿，冬还在，只是此之冬，不同于彼之冬了。

遐想翩然，我已从将枯槁的冬，来到了温煦的冬。

走出高铁站，满目葱茏，冬却是春的模样。天畔，银雁亮出巨大的固定翼，那是白云机场的航班。轰鸣声从云端直抵耳际，与街上的车流律吕和鸣。循声望去，如孤鸟，似孤雁，归巢还是远行，啾啾唤雁阵，喳喳鸣鸟群，声声慢。

青鸟、铁鸟、银雁，是谁，在呼喊自己的鸟群雁阵？

第一章 新型机，隐形的翅膀

“国外先进机型，通常采用卫星通信。我们考虑到卫星盲区问题，短波通信是最可靠的手段。”会议室内的气氛十分凝重，与会人员都清楚这里面的利害。“今天，把同志们请来，是想听听大家的意见。”

2016年，相关方面邀请全国短波厂家，为解决远距离通信难题寻找方案。新型机为了增加升力，采用动翼。动翼，意味着飞行过程中会加速振动，量级之大，超乎想象。调整动翼的姿态，难度可想而知。国外的同类机型，都是采用的固定翼，不存在动翼量级，没有可以借鉴的技术，国内更没有经验可循。

这是新型机再出发。

夜，玄黑，让空间没有了意义，只有灯光，在扁平中透出，与星光遥对。张路明顺着光影，似驭短波，去了旷野，他看到了商汤为避天下四方皆入吾网，去其三面。禽鸟避免了一网而尽，那么新型机如何逃遁雷达这张巨网呢？

张路明在办公室里，踱着步子。机身装有隐身材料，有吸波作用，会使信号衰减，对通信的要求非常高。怎么解决这个难题呢？张路明在资料堆里，抽丝剥茧。动翼是一个移动平台，用什么形状的天线能提高辐射频率？另外，把天线匹配器放在哪里呢？他根据已有的车载、船载移动平台技术，针对天线、电磁波辐射要素，进行理论分析。

夜无眠，人亦无眠，不知什么时候，晨曦透过窗口，映出一弯虹，落在桌角。目光、日光，心波、光波，就在那一瞬间相遇了。“有了，把天线匹配器放在这里。”张路明在飞机上画了一个圈。

到了上班时间，张路明没有顾上休息，他找来技术团队，把自己的想法作了详细说明。技术团队按照张路明的思路，在原有方案的基础上进行调整。同时，协调用户方了解飞机上的条件以及使用状态；又协同元器件厂家，商讨如何保证触点在振动时不跳开。在多方的积极配合下，张路明和团队带着设备，到实地做静态测试。

实验结果验证了通信效果，比改进前好了很多。与预设的思路吻合，使方案具有了操作性，张路明悬着的心放了下来。实验前，他一直没有把握形式的改变对结果能产生多大的影响，实验验证了他的想法，提升了通信距离，让他有了信心。

方案得到用户方的认可，很快进入动态实验阶段，张路明遇到了前所未有的挑战。

振动实验，一般仅做 1 个小时。耐久性实验，则要在高强度下振动好几个小时。实验刚开始，在最薄弱环节就暴露出问题。常态量级下，设备运行正常；技术人员一点点地调大振动量级，物理连接线断了；再调大一点，元器件出现了断裂、损坏。10 分钟，20 分钟，连续几个小时的振动，被一次一次打断。量级在增加，问题随时在出现。

张路明又一次陷入沉思。

按照传统做法，对连接线的处理，要么固化、硬化、做粗，让它变小；要么做细、低胶，让它软化。但这两种方式都有各自的缺点：太硬了就会扯到连接器件的拐角，把拐角扯裂；太软的话，抗震强度不够。怎么解决？张路明想从根本上解决问题。

经过改进后，又一次上振动台验证。

张路明带着技术团队，守在振动机前，盯仪器仪表，看数据采集，观察振动曲线变化。振动中，一旦指标不合格，产生杂波，张路明就会用手指一个一个去摸，看问题到底在哪儿。他说，手含有液体，带电，会干扰电磁场，根据手摸的情况，就能判断造成问题的原因。很弱的电不会伤到人，手的导电率不高，也不容易损坏电子元器件。

“振动台停了。”

“联系厂家，最快速度更换。”

“第三方平台不接了，他们说没有设备。”

……

振动实验中，由于强度太大，振坏了好几个振动台，一时间，第三方实验单位都不再接实验。

项目组多方协调，好不容易找到仅有的振动台生产厂家提供设备，实验才得以继续进行。

实验室内，轰鸣声盖过了内心的焦虑，上千个小时的振动，与之相对应的是千百次的改进。人不能离开振动台，一天下来，头晕、恶心，听力下降，不想吃饭。

一晃三个月的时间过去了，连接线断裂的问题总算解决了。

“最薄弱的问题暴露出来，解决了。然后，一步一步慢慢往下推，有些地方可能是很好的，由于某些疏忽变得不好了，就又要检查，可能一查就是半年，这个过程很漫长。所以，总体时间比较长。”张路明将近2年的艰辛一语带过。

在张路明《大国工匠》的报送材料上，我看到了这样一段文字：

> 在张路明带领下，通过采用天馈一体化、高能谐振环等技术，新研的机载通信装备的体积只有常规地面装备的20%，功耗更低，性能更优，解决了新型机因隐身设计导致无线通信难问题，为我国新型机的远距离通信能力提升开了先河，战略意义重大且深远。

那天，传来张路明久违的笑声。公司里的同事都知道，每一次技术突破，张路明都会发出爽朗的笑声，隔着几个办公室都能听到。“这个好难呀！”“这个问题和我的想法是吻合的。”“理论和实践是吻合的。”张路明走进办公室，和大家分享他的成果，又像是在说给自己听。

听到张路明略带颤抖的声音，大家停下手头的工作，站起来为他鼓掌。所有人都了解，张路明的笑声中所蕴含的分量。

“高频振动，设备受不了，人受得了吗？”

当我们聊起振动实验时，张路明一下子变得凝重起来。“技术人员要对自我有保护，不能够强调伤害，噪声大可以戴耳机，这个社会不能够再提倡苦战，人要能巧干，会巧干。”

“这个周期很长吧？”

“2016 年到 2021 年，解决通信问题花了 5 年时间。”

“新型机真正解决通信距离的问题没花太多工夫，只是振动花了很长时间。”张路明念起了口头禅，对于他来说，每一项攻坚，都是云轻风淡。“可能因为这项突破，上得大国工匠吧。”张路明语气平和又淡然。

在随后采访翟杰时，张路明的说法得到了印证。

新型机项目在国人心目中的意义比较重大，张路明是海格的研发带头人，在“大国工匠年度人物”报送时，单位从张路明众多科研成果中挑选了几个有代表性的项目。新型机解决了远距离通信困难的问题，这两年关注度比较高，所以提取出来作为主报材料提交了。

这时，与保密办公室、品牌办公室、工会办公室三个部门约好的时间到了。

新型机是绕不过去的话题，当我们提到机型时，保密办公室满英主任马上提醒“是新型机”。我们会意地笑了。

品牌文化部副总监陈颖禧和张路明很是熟识，刚进公司时常跟张路明部门的同事一起运动。她说，新型机的通信隐形任务难度很大。但既然用户要我们啃这块硬骨头，海格就接下了。作为技术负责人，张路明也没有推托。这背后是张路明刻入基因的家国情怀，是很传统的军工担当精神。

工会副主席喻丹接着说：“‘大国工匠年度人物’评选时，还没有形成从区级到市级报送的体系，张路明是直推。海格工会评优，先通过集团公司，海格只推了路哥一个人，路哥入选没有争议。”

张路明听着我们的谈话，显得非常平静。当初推荐时，他认为科研精神与匠人精神不是一个范畴，自己不符合评选条件。后来，当他无意间看到朱熹的“治玉石者，既琢之而复磨之；治之已精，而益求其精也”时，他理解了，匠人与科研攻关，其内涵为一，同为如切如磋，如琢如磨。

送走了三个部门的访谈者，和张路明的对话继续。“在您看来，军工的意义是什么？”笔者问坐在对面的张路明。

他略做了片刻的沉思，“军工，是对国防自主把控的重要支撑。没有军工，国防自主就是一句空话，特别是当今时代，人的因素对战争的影响越来越小，装备的作用越来越大，变得越来越重要。我们现在很多技术是在别人的基础上更进一步，突破一点。想要实现超越，就要打破固有的思维，用新的体制、系统去竞争，否则，就会永远被压制。”

“对军工人怎么理解？”

“要有保密意识，做的东西都不去说，我回家从来不提工作，开始大家还问，现在都不问了。

“我们多流一滴汗，战士少流一滴血。在设计上多下功夫，在模拟极限环境下实验，也在全国各地实地环境下实验。-55℃低温、70℃高温，高湿、高海拔、低气压，漠河、塔克拉玛干沙漠，各种极限环境都要去做。只有在极限环境下，才能完善设备的性能和可靠性，保证通信畅通。

“做技术的人，最大的成功是得到用户的认可和社会的认同，而不在于做了多高的技术。它必须是有用的，不能够为了技术而技术，炫技是自我满足。”

从研发大楼出来，翁晓洁陪着笔者，在院子里沿顺时针方向，走了一圈。主楼、事业部大楼、生产制造大楼，灯光点点。

在主楼的后面，一座在建的高层大楼定名为“天枢”，它是北斗七星中的一颗星。

还会有星光熠熠吧，笔者望向星空。

第二章 在成长的路上磨炼

2022 年 9 月，受湖南省之邀，张路明回到故里长沙参加首届大国工匠论坛。

火车停靠在站台，张路明的心似乎也有了又一次的停靠。生长之地，熟悉又陌生，当年意气风发的少年，如今已然是年近耳顺之翁。走出车厢，通道两侧，海报上巨幅照片里的“张路明”，笑容可掬地与走在通道上的张路明四目相视，他予“他”报之以微笑。参加工作后，张路明已很少回来，这次以大国工匠身份回到家乡，当然别有一番滋味。

随接站车到宾馆，安顿好后，张路明独自去了故居。驻足回溯，嘈杂的铁路局宿舍大院里，浮现出小男孩清瘦的身影，在楼道里躬身打扫。

橘子香，在湘江水一浪又一浪的楫击中，弥漫于整个城市。外婆的声音若有若无："你每天放学回来，要把楼道清扫一遍，每个星期再把楼梯打扫一次。""楼道不是我们家的，为什么还要我们打扫？"张路明好奇地问。外婆拍着他的肩膀："大家需要互相帮助呀。"

筒子楼里，5楼住着8户人家，来自全国各地。这天，张路明和往常一样，照旧放学后清扫着楼道，一缕饭香飘来，他知道，隔壁邻居家在做煎饼了。"咚咚咚"，急促的脚步声传来，几个小伙伴跑上楼，叫上张路明，便羞羞答答地冲进了邻居家。天色已晚，外婆做好饭，还没有等来张路明。"小明，小明。"外婆站在楼道里喊了两声。就在她四处张望之时，看见几个小家伙弯着腰，捂着肚子，从邻居家拖着脚步蹭出来。邻居一家人两三天的饭食，被他们一顿吃掉了。

20世纪60年代，国家正经历困难时期，粮食短缺，每个人定量，凭票供应，中小学生一个月28斤粮食，不

20 世纪 80 年代初期，张路明的父母与外婆（中）

够吃。家家户户的床下都会存上几百斤红薯，熬粥，做面条，虽是整天变着法子，一年吃到头还是红薯。能有一次改善，对于孩子来说，是多么快活的事啊！

打牙祭，要等到过年，难得包一次饺子，张路明跑去邻居家，有模有样地跟着学，面皮在手上捏出的褶，一个接着一个，宛若少女的裙裾。摆在篦帘上，白皙，圆润，令人垂涎。

过年，就可以见到父亲了，他要包给父亲吃。

父亲大学毕业，被分配到长沙铁路局，做铁路信号控制工作，长年在湘潭、株洲一带，三线建设又到了怀化。张路明及家人与父亲的相聚机会，是一年仅有一次的探亲假。一个月的时间很短。张路明说，父亲的同事都会找个理由回家，而父亲却从来没有过，他怕别人说闲话。

鞭炮声里，舒缓的二胡响了，一曲《良宵》让年味儿越发浓郁，这是父亲回来仅有的一次演奏。张路明学着父亲的样子，把二胡架在腿上，拉开弓子，二胡发出刺耳的尖叫。“太难听了！”姐姐抗议。父亲拿过二胡，收了起来。外婆准备好了年夜饭，一家人等着值班的母亲下班。

月华星稀，夜放花千树。“给沈叔的票，买到了。”母亲推开门，“卧铺没票，找了段长，总算弄到了。”原来，沈叔一家准备回老家，买不到火车票，找到在火车站票房售票的母亲帮忙。“先送过去吧，别让他们着急了。”父亲叮嘱母亲。“已经给他们了。”母亲说。“快来吃饭吧。”外婆见一家人齐了，招呼着。

饭桌上，父亲和母亲商量：“让小明去学二胡吧，我看他喜欢。有一技之长，他将来就饿不着了。”张路明回忆，当时，单位允许有一个孩子接班，当然会先考虑姐姐，男孩子总要到外面闯荡。那个年代，少年宫的课不收费，学门手艺不会给家庭造成经济上的压力。

年，转眼就过去了，父亲又一次离开了家。火车驶来了，轰鸣声由远及近，父亲的脚步却由近及远。家，留给了外婆和母亲，但父子之亲情像轨道一样绵长。时隔很多年，研究短波信号的张路明，仿佛觉得父亲传导给自己的亲情，是从铁轨铿锵的旋律中远距离传输过来的。鸿雁传书，父亲和家的联结落在了笔墨间，很慢却很温情。

“嘟嘟嘟”，急促的汽车喇叭声把张路明的思绪拉回，才发现不知不觉已经来到了母校——长沙市铁路子弟学校，他在这里读了 9 年书。

那年，学校庆祝六一儿童节排演《红灯记》，张路明被老师选中，扮演李玉和。“这个故事，讲述的是抗日战争时期，地下党一家三代为向游击队转送密电码，与日寇斗争的故事。”老师讲戏时，张路明听得入了神。他想，李玉和是铁路工人，自己是铁路子弟，李玉和为保护密电码与日寇展开周旋，最后献出了生命。自己要以他为榜样，为祖国不惜献出生命。座位上的他，腰板挺得更直了。

演出结束后，张路明在母亲的带领下来到韶山。天空湛蓝，阳光明媚，张路明恭恭敬敬地站在毛主席铜像前，深深地三鞠躬。

四季更迭，秋天给了大地一片金黄。张路明和同学们来到农场参加劳动。看着农人们挑起的扁担，张路明也想试试。扁担放在肩上，起身直腰，还没等站起来，肩膀已经疼得受不了，张路明一下子蹲了下去。“呵呵，不行吧。”农人笑了。张路明放下扁担，紧赶几步，农人看他追上来，干脆停下脚步，让张路明站在扁担下。“放到这里。”农人点了点张路明肩膀上的斜肌，“再试试。”果然，张路明挑起担子，可以一扭一摆地走了。

一天的劳作结束后，张路明和同学们打水洗漱。从井里打水也是个技术活。井很深，要让水桶能沉下去，就得双手拉着拴桶的绳子，两边晃。桶沉下去了，水面泛起的层层涟漪，一圈圈扩展开来。水波中，张路明似乎看到了当年修补校舍时，同学们搬运砖块的身影。那时，要从火车站的货场把砖搬到学校，2 公里左右的路程，一趟趟往返，同学们两人抬一筐，而张路明却担个扁担穿行在街上。

如今，眼前的建筑群，已经不是当年同学们肩扛手抬建起的校舍。铃声响了，学生们跑回教室，操场安静下来。张路明恍然进了教室，试卷摊在面前，一场数学竞赛，激战正酣。张路明代表学校参加数学竞赛，笔尖刷过，没有留下一点空白。出了教室，同学们三五成群，“最后一道题做出来了吗？”“做出来了呀。”张路明得意地回答。同学的脸上却掠过一丝懊恼，不易觉察。结果公布，张路明拔得头筹。“有一道难题，其他同学都做不出来，只有我做出来了。”他兴奋地和母亲说着。殊不知，曾经和他讨论的那个同学，心里憋着劲要超过他。“要谦虚谨慎，什么时候都不能骄傲自满。”知子莫若母，正应了母亲的担心，第二次竞赛，张路明丢掉了第一。

初中毕业，张路明面临人生的第一次选择：上中专就业，还是继续读高中？张路明找来班里几个要好的同学商量。

“上了中专，就有工作了，我们家希望我考中专。”

“还是读高中吧，咱们上大学。”

“家里怎么办？”

“不如咱们都报名，到考场找找感觉？”

“考上了怎么办？”

“不在卷子上答题，不就得了。”

“好，就这么办。”

家长和老师希望张路明上中专。张路明的成绩，考上中专是没有悬念的，中专毕业包分配，工作问题就解决了。如果考高中，万一考不上大学，不仅耽误了三年时间，还丢掉了稳定的工作机会。虽然张路明的父亲是大学生，但是对于张路明能否考上大学，他也没有把握。

中考的日子到了，张路明和同学们走进了考场，结果可想而知。班里考进中专的，是几个家里特别困难的同学。张路明和 5 个要好的同学顺利地进入高中。

入学半个学期后开始分文理科，张路明心里默念：学好数理化，走遍天下都不怕。贫瘠的生活，让张路明对于如何能保障自己的生存，看得很重。

高中时，张路明继续担任劳动委员这一职务。下学期刚开学，学校组织清理高中教学楼下水道里的淤泥。淤泥清理出来，装进了筐，同学们却没了动静，“劳动委员作个示范吧”，附和声四起。张路明看看同学，又看看垃圾堆的方向，“去，找根棍子来。”有同学找来一个大树杈，递到张路明手上。杈当扁担，一前一后，挂上两筐淤泥，张路明一步一颠走向百米开外的操场。

同学们本想看劳动委员出糗，却惊得目瞪口呆，于是都乖乖地干活去了。

“淤泥很重，如果当时挑不起来，就会被同学们笑话，在班里的威信就没有了。”这件事对张路明触动很大。他告诉自己，只有足够强大，外在的磨难才微不足道。

父亲不在身边，家里的体力活就落在张路明身上。做蜂窝煤最为考验人。张路明推起斗车，将制作蜂窝煤的原材料黄土和煤面运回家，敲碎煤块，按比例用水调和，进模具成型。张路明约上几个同学，今天在你家干，明天到他家干。晾干后再收起来。张路明当时十五六岁，将近一米八的大个子，依旧是一扭一晃，担个扁担劳作。

“家里的重活都是您干？”

“那时很独立。女性的感性与男性的理性有区别，父亲常年在外，遇到问题，找不到人帮忙，只能靠自己。这样就造成性格上张力不够。”张路明低下了头，“过于内敛，也是一种缺陷。”

外婆和母亲教会了张路明与世无争。他说，自己学会了不计较外在因素，不受外在评价的影响。当我要他讲一两个故事时，他双目低垂，冥思良久，抛给我一句，“都很本分，也没什么了。”继而，他笃定地说：“我不会去伤害任何人，如果有人诋毁，只要没有突破底线，我都不会去理会。对于外界的批评，我会根据情况躬身自省。年轻时，我还有傲气，现在到了耳顺之年，没有必要为了什么去争论了。如果别人说得对，纠正自己就是了。”

“行有不得，反求诸己。”

“那个时候，并不知道圣贤之道。只是从小接受的家庭教育，就是要求听话，听家长的话，听老师的话。”

与父亲的若即若离，与外婆、母亲的相依为命，对张

20 世纪 80 年代初期，张路明父母的合影

路明的性格产生了很大影响。他笃信，父亲做事谨小慎微，胆子小，缺乏冒险精神，他觉得自己的性格像极了父亲。采访中，张路明一再重复着这句话。他说，他的性格对工作有很大的影响，项目做完，自己有十足把握才会交给用户，不是差不多就交出去，至少要自己满意。向内是谨慎，对外或许是一种精益求精的表现吧。

由于父亲的缺位，造就了现在的张路明，这到底是好是坏，他自己也说不清楚。如今，父母都已故去，张路明话语中透出些许的惋惜和遗憾。

首届大国工匠论坛结束，张路明回到广州不久，收到了母校 K2004 班学弟、学妹们发来的贺信，对他获得“大国工匠年度人物”荣誉表示祝贺，表示要以他为榜样，努力学习，报效国家。

张路明在回信中写道：

自 1980 年毕业以来，我鲜有机会能回到母校，常常追忆在长铁一中度过的青春年华，也想念培养我、教导我的那些亲切的老师。今日，从这封书信中再听你们提及母校，一草一木，如在眼前，回忆上涌，满是欢喜，确是一段美好的回忆。

当一份事业于社会进步有助力、于国家发展有推动，个人的价值也自然得到实现。我想这就是工匠精神的核心：其利虽微，却长久地造福于世。

关于选择专业到底是看“兴趣”还是看“热度”，我想，很难有一个正确的答案。南宋著名词人张孝祥曾言：“立志欲坚不欲锐，成功在久不在速。”我很赞同这个观点。要取得成功，不在于你们选择什么专业，而在于你们能在这条路上付出多少、坚持多久。无论“热门”还是“冷门”，失去了热爱，失去了初心，都难以有所成就。

你们处在人生的成长阶段，未来是可塑的。所以，我建议你们遵循本心，脚踏实地。不纠缠于衡量专业的孰好孰坏，而是在不断学习的过程中，发现自己的闪光点，发掘自己的特长，把个人的理想融入党和国家的事业之中，融入伟大的中国梦，以此为基础去寻找适合自己的发展方向。

第二章 大道至简，搭建出自己的设计理念

1984 年，张路明大学毕业。

带着对无线电的憧憬，张路明拿着派遣证，走进了位于广州潭村附近的 750 厂。

750 厂是 1960 年开始建设的华南地区规模最大的部属军工电子整机企业。成立之初定点为我国海军提供舰载通信（短波通信 · 100W 以下）、导航装备。

张路明被安排在军品车间实习，三个月的实习期满，他被分配到设计一所，开始接触到电台。

刚进厂没有太多的任务。张路明白天上班，跟着师父学习，看师傅们做产品；晚上回到宿舍，找来国外最新科研成果，翻译文献。张路明说，这期间他看了大量与电台相关的书籍，主要是学习国外先进的经验，研究电子线路，看看他们如何做产品。他先从原理入手，终于搞明白其内在逻辑。

两个月后，张路明接到了第一个任务，给渔民做小电台。有了从学校到企业、从书本到产品的过渡，张路明对产品有了认知，他迫切地想将学习的知识运用到产品中，圆自己一个儿时梦。

从技术角度上，张路明没有遇到太多难点，他只需在前辈自主研发成果的基础上，按部就班照做就不会有问题。具有挑战性的是，用户提出要求，价格要控制在一定的范围内。当时，日本电台非常便宜，性能稳定。如何让自己的产品既便宜，又能具备良好的性能，是比较伤脑筋的问题。

也就是从那时起，张路明有了成本意识。

制造这部电台用了两年时间，于 1986 年完成。

张路明说，只有把基本原理吃透了，才能用最简单的方式实现。产品的性能放在现在看，还比较粗糙，不算太

1985 年设计六室合影（前排右二为张路明）

成功。

而对于企业常提到降本增效的问题，张路明很有感触。他认为，那不是一句简单的话，降本从哪降，增效从哪增，控制成本，需要技术人员几十年的打磨。做最简单的事，简单的设计，是功夫活。

1987 年，张路明开始做第一个军用电台。那时，公司找来一部国外用于海上的电台，已经具备了初级自适应电台的性能。打开设备后，张路明发现，这部电台的电路基本没有多余的部件，所使用的元器件比自己做的电路少了好几倍。它不仅简单，而且成本低，可靠性高。由此，很长一段时间，张路明对电路产生了极大的兴趣。

极简的电路，让张路明着迷。他更期待用产品去印证自己的理解。电台仿制出来，进入实验阶段。

张路明一早来到实验室，打开设备，却好半天没有反应，他有些不解。

“昨天的情况怎么样？把实验记录给我。”

“没问题呀，都正常。”同事一边把记录本递给张路明，一边回答。

“今天是什么情况？”

同事沉默了。

张路明坐下来，在大脑中复盘，寻找可能出现的问题。

“路哥，好了。”

张路明起身，走到实验台前。

5 月的广州，已经进入夏季，天气虽然并不是很潮湿，但是设备放一个晚上，第二天再打开，就不能正常工作了。开一会儿，等设备热了，内部烘一下，性能就又恢复了。时有时无，没有规律可循，问题任性地和张路明捉起了迷藏。

一晃，两三个月的时间过去了。

张路明决定进高温高湿模拟箱。

实验箱里模拟湿度 95% 以上，温度 40℃以上的环境，由于条件严酷，张路明与两个男同事一脚踏进实验箱，汗珠打着紧地从汗毛孔里钻出来，瞬间就把衣服浸湿了。他们脱下衣服，仅留一条短裤。时间长了，汗水黏在了一起，出来冲个凉，再进去。

人难以承受，设备同样受不了，检测仪表不停地出现状况。进箱，出箱，更换仪器，调试数据。一连几天持续盯守，问题开始露出端倪。印制板是由玻璃纤维压制而成，中间会有缝隙，即便很小，在高潮湿环境下，水汽也会顺着缝隙进入板内。张路明明白了，设备放一宿，潮气

南沙安装塔顶设备

顺着开口进去了，是导致绝缘电阻下降的主要原因。他判断问题出在PCP印制板上。出实验箱后，在正常环境下，用PVC改变阻抗验证，结果显示确实是阻抗的问题。

张路明想到最简单的办法，在纤维板上涂胶，封上口，水汽就进不去了。但是新问题又出现了。大家在做电台专用三防实验时，发现水汽是进不去了，可信号也出不来了。信号要有出口，就不能涂胶，始终留有口子，而潮气就会进去。信号和水汽相互制约，涂胶的办法行不通，张路明又尝试了很多方法，都不能有效地解决这一问题。

他被困住了。

季夏的清晨，下了一夜的雨停了，寂静的厂区还没有什么人。张路明早早地来到办公室，推开窗子，他想让浸了水的空气充盈进办公室，将枯竭的思绪润化。

倚窗，瞻望，脑子中一长串问号，伸向了电线杆上的翠鸟。

翠鸟与电线结成了五线谱，空山新雨，鸣啭啁啾。殊不知，几米之外的窗下，有一个人在凝视着它们。它们也未曾想到，与那个人在瞬间的入画，会产生什么样的联系。

张路明感受到了鸟儿的欢愉，他乐了。

“绝缘子。”张路明灵光乍现，“找到了。”翠鸟不知是受到了惊吓，还是完成了使命，扑棱着翅膀飞走了。

张路明找来各种绝缘子材料，经过反复测试，问题解决了。

随后不久，张路明和同事带了 5 部电台，去了南沙。

他们搭乘南海舰队的补给船登岛。岛礁上的条件非常艰苦，刚建成不久的塔台，与竹子搭起的高脚屋，在礁石上一前一后，列队似的矗立。补给船给战士们带了水、粮食，给发电机带了柴油。岛礁没有码头，只能用小的冲锋艇将物资运送上礁盘。小艇在风浪中摇摆，好不容易才靠岸。驻岛战士卸物资，张路明与某部队通讯处的战士扛起电台，上了塔顶。

张路明手持风钻，在塔壁上打眼，准备架设天线。

“打不进去，墙体太硬了。”张路明举着电钻。

“塔台用的水泥标号都比较高，防止海水侵蚀。”战士回应道。

钻头打坏了好几个，总算架起了天线。张路明打开按钮，凝神调试。只一会儿工夫，电台里传来“嘀嗒”声，信号通了。

南沙电台开通时的情景

“这么快。”战士们兴奋不已。

此时，张路明和战士们一样开心，关键时刻没有掉链子，他觉得自己做的电台终于可以用在国防线上了。

这是我们国家第一批进入实用的自适应电台。

张路明上岛之前，战士们用的老式电台都是人工呼叫，信号匹配缓慢，联络起来异常困难。自适应电台可以自己适配，只要按下按键，电台会自己发送一串数据，当对方收到信号后，双方就匹配成功了。如果一个频率没配上，就会自动更换频率，重新发送。这些工作，以前都是人工完成的。

虽然和现在比起来，当时的技术还显得简单，但与老电台相比，自适应电台的便捷和高效让战士们觉得非常好用。电台装上之后，一直没有出现过问题，岛上使用了很多年。

“损坏率低的原因，就是因为线路非常简洁。”张路明不无感慨，“产品一旦拿出去了，就不能再出现问题，至少不能出现因为设计缺陷导致的问题。这部电台直到现在，我依然觉得很自豪。”含而不露的张路明，发出了爽朗的笑声。

为学日益，为道日损，张路明的专业知识在一天天增益，而他眼中的世界却越发清澈无瑕。混沌开蒙，一画开天，万物皆源于一，他理解了什么叫大道至简。回到事物的本质，拔本塞源，不仅影响了他的设计，还更新了他的人生观。

2000 年，国内的接收机像抽屉般大小。张路明看到国外有种板卡，就像计算机的插卡一样大。他找到做数字信号处理的搭档喻斌。

“做不做？”

“可以试试。”

“从技术上分析，有什么手段？”

“小数分频频率合成技术，应该能用上。”

样机很快做出来了，然而在推向市场时遇到了问题。一个大抽屉可以卖好几万元，一个计算机板卡大小的接收机最多只能卖到一两万元。巨大的价格差，让企业选择了搁置。

早期，国内刚开始做电子产品，电路通常都很复杂，在传统观念里，大的才是好的。这也因此影响了中国的定价规则。

“市场需要引导。”

“手机，刚开始是大哥大，像砖头一样大小。没几年，它就小下来了，价格也下来了。”

“做技术考虑效益吗？”

“如果完全考虑效益，就不能做出好的产品。技术突破会有正向作用，两者相辅相成。”

“随着集成度和数字化程度越来越高，体积就会越来越小，这是必然。”

张路明（右一）与同事等人乘小艇登礁盘

张路明在南沙

“小试牛刀，证明可以做，也很有挑战性。在当时，国外有些小数分频技术实现了芯片商用化，因为是专用芯片，国际上一些较为先进的技术都用在上面，做得就更小了。”

随着用户成熟度的提高，产品方向发生了改变，虽然这项技术领先了其他厂家很多年，但由于定价问题当时没有推向市场，在十年后，才陆续有用户使用这个产品。

张路明并没有因为产品不能推向市场而遗憾，在同一时期，他还带着徒弟做了一款国际顶流的接收机。

当时，有国内用户提出来，能不能将国际最先进的接收机实现国产。张路明参考了国际上顶流的理念与技术，找到原材料厂家，从原材料构成着手。

从 2000 年到 2002 年，张路明花了两年时间完成产品。

“参加技术整体比试，证明产品在国内是顶流的。比国际最顶流接收机只差一点点。”张路明意味深长地说，“追赶这一点点，我们却走了很长时间。”

第四章 短波通信，三代技术发展过程

中国需要重视对基础物理的研究。如果对基础物理的研究缺失，应用就不可能突破，就只能跟着人家走。对于反对中国做量子对撞机的声音，张路明持保留意见。

他认为，只有有了自己的基础物理研究，技术才会有突破。

50 岁，张路明拿起了《道德经》。

“道可道，非常道”随口而出。他说，第一个道是

“天道”，第二个道是“说出来”的意思。既然能说出来，根据个人的经验和理解，结合当下的社会状况，总结出的当下的“道”，换个时间就不适合了，已经不是原本的“道”了。

源于他对“道”的理解，我们谈起了从制造到创造的发展之道。

张路明细数从毕业到退休这40年间，中国通信发展与国防的意义。

20世纪80年代末90年代初，中国电子产业发展尚处于仿制阶段。

刚进厂时，张路明见到国外同等频率电台只有小抽屉大小，而国产电台如同柜子，差距可见一斑。当时，企业通过某些渠道从国外购买电台，进行拆分、转化、改良。

改革开放初期，原材料采购相对宽松，各厂家直接从国外采购元器件。尽管如此，仿制出的产品在性能上还是略显逊色。张路明分析，这或许是工艺上的差距，而改善工艺、提升性能，这个过程花了整整10年时间。

在元器件生产方面，由于国外元器件相对成熟，且价格要比国内低很多，一段时期内，国内基本上都在使用进口产品。

2010 年之后，随着元器件使用量剧增，国家意识到潜在危机的存在，部分厂家专门研究国产替代工作，加速了替代进程。以中国人的聪明才智，从 1 到 100 没有任何问题，在前期改良技术成熟以后，很快进入自主创新阶段。目前，设备里的元器件已经完全实现国产化。

自 1921 年短波信号被证实可以进行天波传播以来，短波通信在世界范围内蓬勃发展，被广泛应用于军用和民用领域。直至 20 世纪 70 年代，短波通信仍然是国际通信的主要手段，在全球信息传播中占据重要地位。

在战争年代，周恩来总理曾这样评价短波电台的重要性：“中央委员加短波电台，等于党中央。”大量革命历史题材的影视剧均展现了短波电台的重要作用：在《英雄儿女》中，英雄王成操作 71 型 2W 报话机（工作频率为 2—7MHz），喊出了“为了胜利，向我开炮”的豪迈话语；在《永不消逝的电波》中，我党地下工作者李侠在即将被捕前，操作 6V6GT 拍频振荡器发出了最后的告别。

短波通信在军事通信以及应急通信中具有突出的重要作用，在新时期下仍是不可或缺的远程指挥通信保障手段，依然具有旺盛的生命力。发展短波通信将在我军执行多样化使命任务，维护我国主权、安全和发展利益等方面发挥着重要而深远的影响，同时也为应急、人防、海事等行业用户履行各自职责提供重要的技术支撑。

从通信技术角度上讲，我国经历了三代技术发展过程。

第一代，采用定频技术。所谓定频，就是固定一个频率进行联络。通信前，双方约定好时间、频率进行联络。

短波通信和一般对讲机通信不一样，把电波发到天上，再从天上反射下来，它依靠电离层的反射来实现通信。电离层受到太阳的影响，晚上，电离层偏低，电子密度降低，有些层甚至没有。而到了中午，电离层就会非常高，层数会增加。每个时段，反射电磁波的频率和反射角度不一样，即便是在固定距离通信，一天不同的时间段，都需要用不同的频率才能通上。这样一来，哪个时间点用哪个频率，要事先约定好。

“我们最开始出去做实验，因为不知道哪个频率好，所以经常先用电话联系，确定好时间和频率，同时还要考虑气候、季节以及电离层变化因素。只能确定大概范围，确实艰难。”张路明摇摇头，“隔一段时间通不上了，就要换一个频率，就像开盲盒。这个时候跟电影谍战片上看到的一样，边调电台旋钮边仔细听，听到‘嘀嗒’声，双方频率就对上了，两个人便又开始联络。只是现实中的设备比电影里的好点，功率大一点，但基本还是那种原始状态。”

第二代，国外出现了自适应电台，它与定频本质上的区别在于，人工扫频换成了机器自动扫描。

联络双方预存多个频率，在固定的频率里，一方不停地发送，同时监听应答信号；另一方持续扫描，如果收到信号，就会自动回复应答信号。如果主发方收不到应答，就自动换一个频率再发；接收的一方继续扫描，循环往复。

20 世纪 80 年代末，安装在岛礁的电台投入使用，极大地提高了通信效率，及时地改善了岛礁上的通信状态。

第三代，从模拟制式进入数字化。

数字化的意思，是把模拟信号通过数字调制方式，将信息编码为二进制数据。采用数字化技术后，短波通信在抗干扰能力、传输质量、传输速率、功耗、安全性等方面有了很大的提升。

张路明继续说，短波通信是保底通信，主要是应对卫星链路一旦被打断，还能保证通信。

第五章 和妻子相识，是在一场舞会上

月色皎洁，泻下荧光，年轻男女涌向了俱乐部。20世纪80年代末90年代初，交谊舞是大众娱乐的重要方式。五四青年节，单位组织舞会，乐曲响起，霓虹渐稀，一袭白裙掠过，张路明走了过去。

谁想，月老绾红丝，牵得眷侣灵犀通。两个素昧平生的年轻人，起舞的那一刻，感应到彼此的心跳，爱情悄然来临。

舞会散场后，张路明回到宿舍，他想看会儿书，打开

青年时代的姜红英

书页，方块字会意出满纸颜如玉。夜来幽梦，电子线路化作天阶，延展出巴比塔的无限。铅粉、绮罗、嫦娥月，张路明奔了过去。

寥若晨星始散去，伶仃月影尚徘徊。天将放亮，张路明醒了。他定了定神，梦中的嫦娥，不就是一起跳舞的女孩吗。

张路明恋爱了，那年他 26 岁。

一个是厂里的技术骨干，一个是同事们公认的厂花，才子佳人，出双入对，羡煞旁人。

交往 4 个月后，姜红英对张路明说："我父亲要见你。"刚出差回来的张路明，跟着女友回家，拜见了未来的岳父大人。一进门，他愣住了："姜书记。"到这时，张路明才知道女友居然是总厂书记的女儿。

岳父 1947 年在四野当兵，随南下部队到湘西剿匪，又辗转海南、汕头。转业到地方后，他被安置在 750 厂分厂做厂长，后来到总厂任书记。

750 厂是四机部副厅级单位，岳父经常去北京四机部出差，跟一些领导都很熟。即便如此，他也没有给任何一个子女谋过私。大哥最初在厂里，后来自己想办法调到了银行。二哥在深圳。当初岳父到深圳办爱华电子厂，按政策可以解决一个子女的就业，于是把二哥带了去，在一线做工人。小哥一直在厂里当司机，直到退休。妻子也是在车间的电视机生产线上。

张路明认为，岳父是让他佩服的真正的共产党人。

露洗微埃尽，光濡是物清。澄澈的月光投向大地，张

张路明岳父岳母

路明带女友回到长沙，禀告父母，择期完婚。10月底，张路明抱得娇娘共枕眠。

“这是不是闪婚？”

“5个月，总算追到‘嫦娥’了。”我打趣道。

“哈哈，我年轻时也很帅。”

婚后，张路明的工作越来越忙，每天都要加班到凌晨，妻子没有抱怨过，却会抛给他一句话："儿子怎么长大的，你都不知道。"张路明坦言，年轻时工作非常忙，没有时间照顾家，就全都交给了妻子。

那年，正当张路明准备带着妻儿随父母回老家时，这也是父母离开家乡后的第一次归途，无奈临行前一天晚上，儿子突然患了秋季腹泻，住进了医院。

张路明把父母送上长途汽车，看着汽车扬尘而去，他

1993 年儿子出生，一家人合影

有些怅然，这是他唯一一次寻根的机会，却不能成行。

“孩子住院，您还加班吗？”

张路明的眼神明显地从回忆中抽离回来，看向我：“白天妻子守着，我还要上班。下班后，我替换妻子，晚上让她回去休息，第二天一早再来换我。”

“婚后几年是怎么过来的？”

“比较顺利，每隔四五年，工作就会发生一次变化。”

他扳起手指，用理科男的方式列出了家庭履历。

1989 年，结婚。

1990 年，分到了单位的福利房。虽然只有十几平方米，一间房加上一个卫生间，但也很开心。

1993 年，儿子出生。

1994 年，分得一套一室一厅三十几平方米的房子。

1995 年，分得一套二室一厅七十几平方米的房子。

1996 年，被评为高级工程师。

1997 年，“五一”时获得广州市劳动模范，同年国庆节获得广东省劳动模范。

2000 年，单位改制，新成立的海格通信快速发展。作为技术骨干，家里的财务状况发生了很大的变化，比之前有了很大的改观。

张路明夫妻唐装照

张路明夫妻合影

2002 年，短波大功率比试获得第一名。

2003 年，作为一名纯技术人员，获得海格首届“杰出贡献奖”，公司奖励了一辆宝来汽车。10 月拿到车钥匙，12 月才把驾驶证考下来。

2005 年，购买商品房。

2007 年，企业股份制改革。

2010 年，海格通信实现 A 股上市，是中国军工整体 IPO 第一股……

“1992 年企业改制后，工作一直在向上变化，越来越好，这使得家庭越来越稳定。”张路明笃信，事业发展与家庭稳定有着内在的联系，事业发展得越好，家庭关系就越稳定。

我提出请求，看一看张路明妻子的照片。张路明拿出手机翻了几下，长发及腰的少女出现在我面前。

“还是那个‘嫦娥’啊。”

“嘿，她一直是长发，到现在还是。”

妻子倚在张路明身边，眼里满是宠溺感。

张路明时常邀请同事、徒弟们来家聚会，妻子的厨艺是他炫耀的谈资。她做饭时会把厨房的门关起来，一个人享受调和五味的乐趣。

让张路明最为得意的是，妻子做饭的随性。他说，妻子做饭到了出神入化的地步。她做电饭锅鸡、牛肉丸最拿手，做川菜也很地道。张路明嘴角上扬：“我试着做了几次，都没有她做得香。她最近又添了新菜，煮牛大骨——刚开始做味道虽好，但是肉硬，口感不好，不知道她从哪里又学了一招，把肉炖软了，口感就好了。”

张路明毫不掩饰，现在有一帮经常聚会的朋友，常到家里来吃饭，都是奔着妻子的私房菜来的。

“您在科研上创新，妻子在菜品上创新。一对创新伉俪啊！”

张路明笑了：“我会做家务，周六上午拖地，周日擦窗子，周周如此。”

“您有很多擦玻璃神器。”徒弟们早已泄露了小秘密。张路明买了很多擦玻璃用品，尝试哪种最好用。

“家是你的，也是另一半的，两个人都是主人。家务是第一个要干的，女人干，男人也要干。自己的家脏了、乱了，不去收拾，对家就没有感情。”

“做家务是对家庭情感的表达，很多男人觉得做家务很没面子。有些人在外面赚钱回来，把钱交给老婆，家就不管了，这就变成买卖了，是交易，不是家庭，中国传统的家庭也不是这个概念。”张路明还有一本家庭经。

“您被返聘回去，工作还像之前那么忙吗？”

“好多了，主要做些指导性的工作。现在身体也不行了。”

20年前，张路明体检时发现尿酸高，他患了痛风。“吃紫甘蓝可以控制尿酸。”不知道妻子从哪讨来的秘方，那时起，每天晚饭饭桌上都会有一盘炒紫甘蓝，仙草一般地摆在张路明面前。有一天，与往常并无二致，妻子在厨房里忙着，突然哇的一声，冲了出去。“怎么了，不舒服吗？”“不能再炒了，闻见就想吐。你自己弄着吃吧。”张路明观察了两天，妻子确实不是身体有恙。

自那之后，张路明就尝试着自己做着吃，坚持了一两年，指标接近正常了。这么多年以来，一直控制得很好。

尿酸指数高也让一些食物成了禁忌，啤酒戒了，黄豆戒了，广东的老火靓汤也戒了。“当然，海鲜中贝类、鱿鱼我还会少量吃。如果一点都不吃，生活就缺少快乐了。”张路明打趣道。

谈话间，可以明显地感觉到张路明时不时会长舒一口气，“心脏动力不足了”。那声音像极了风，惹起了幡的抖动，外在而缥缈。

2003 年广州，杰出贡献奖获得者合影（左一为张路明）

2017 年，张路明被确诊为冠心病，医生嘱咐他注意休息，吃些阿司匹林。他习惯性地从机理开始分析，发现长期或大量服用的话，会导致胃肠道出血。随后，他开始在网上查阅资料。网上资料显示，丹参对心脑血管病很友好，可以扩张大血管，促进血液流动，于是他购买了丹参滴丸。

张路明通过和朋友聊天，又得到了一味药。他查到银杏叶对毛细血管扩张有促进作用。银杏叶是处方药，他怕麻烦，于是买了半处方的银杏叶滴丸。

“丹参滴丸针对治疗大血管的问题，银杏叶滴丸针对治疗小血管的问题，这样机体供养就没问题了。”张路明不无得意地说。

习惯了做实验的张路明，为自己打开了实验模式。他说知道了药性、作用和机理，用科学实验对待自己，这几年身体比较稳定，自我感受还不错。

他笑言，把自己作为物的对象观察研究。

第六章 跳频电台，信道上的疏浚

曾经，台湾海峡盈盈一水，两岸相连，却是中国海上通信的盲区。舰船一旦进入，信号就会被严重干扰。尽快解决台湾海峡的通信问题，是公司交给张路明的新任务。

张路明接到任务，他没有立即着手做方案，而是坐到办公桌前冥想。眼前出现了偌大的棋盘，跳棋的棋子，如士兵、如炮弹、如电波跃动。对垒，不能围而攻之，就躲而避之；干扰，如果不能对抗，就跳脱。对，跳频。妙哉！张路明拍案而起。

“让频率不断地跳，干扰源就没有办法捕捉所有的信号源，这样一来，即便遇到干扰，也是一个频率受阻，而其他频率都能通过。一段语音可能只丢一个字，不会影响通话内容。”张路明向笔者作者解释。

跳频的关键，需要有一个快速变化的频率源，使整体信息不会受到影响。张路明开始查阅大量国外有关小数分频技术的论文、文献。

“刚接到一个电台送来修理，您要不要看一下？”

“当然要看。”

张路明放下电话赶了过去。拆开电台，他笑了，果然是用小规模电路搭建的小数分频，得来全不费工夫。他拆下电路板说：“这个，我借用几天。”

张路明回到实验室，将电路板连接各种仪器，分析每一处元器件的作用、原理。经过反复测试，把小数分频技术原理吃透了，他要用在跳频的频率源上。

怎样把电脑主板大小的电路板缩小到指甲盖大小，是接下来要解决的问题。当时，国际上刚出现 FPGA 现场可编程门阵列。可以按照需要编程，实现数字功能。如果按照原来的设计，要近 1 万门的门阵列，阵列大，芯片就大，没有办法放进小空间里。张路明开始研究门阵列每一部分的构成，线怎么走，怎么保证每个门的统一的动作。

“门阵列？”

“对！一种新型可编程逻辑器件，像一个微型处理器。”

方案定了，接下来开始上计算机做仿真。

张路明做的是模拟线路，对于软件编程并不太了解。他做的 FPGA 不是用软件写出来的，而是用绘图的方式，把元器件图形在电脑上绘制并搭建出来的。为减少门电路的使用，他在全局时钟和局域时钟间进行各种权衡，调试了几百次。

在采访张路明的徒弟——短波通信事业部方健贵时，他讲到了一个细节。

那天，接到一个售后服务，一台设备送回来维修。拆开后，看到里面的电路板，大家不由自主地开始交头接耳：“这是谁弄的？用硬件的方法做软件。”他们猜到了，是张路明。“哎，路哥还会搞这个。”大家发出意外之喜的唏嘘。

方健贵觉得，用硬件来实现软件，很难想象。就像当年做原子弹，没有大型计算机，用算盘算出来的一样。

2007年，方健贵通过校招，进入公司，面试老师就是张路明。

进路明实验室后，方健贵调试一台设备的灵敏度，调试结果比研制单位的要求好了一个挡位，他就跑去师父面前邀功。

“还有没有提升的空间？”

方健贵当时愣住了。“提升什么？已经很好了呀。”

“应该还有挖掘的余地。”

方健贵心里就有点儿不服，师父要求太苛刻了吧。“数据已经这么好了，还有必要再调吗？”

张路明摇摇头说：“很有必要！做设备，首先从技术方面讲，要发挥到极致，设备要到战场上做通信使用，灵敏度是非常关键的。如果作战时，领导通知是进攻，听不到或者搞反了，战局就变了。不只是关系到设备好坏，还关乎战场上的形势。”

和徒弟一样，张路明在工作上也有一个领悟的过程。海格主要创始人杨海洲曾经对张路明说过一句话，国家要独立、自主，国防建设是永恒的话题。作为军工人，为国防做事是永远存在的，不会是半途而废的事业，几辈子都搞不完。

张路明最初听到这句话，并不是十分理解。他只简单地以为是对外对抗，他告诉自己要赢。时间长了，他才意识到自己肩上还有一份沉甸甸的担子，工作要上升到国家国防建设的高度上来。

他也这样要求徒弟们。

方健贵觉得师父想的确实不一样，一句话点到设备的意义里去了。他才慢慢深刻地理解了自己的工作。

他用一个词概括张路明——专注。

他说：“现在公司很多技术模块还在用师父的方案来解决。为什么还在用？就是因为他做得专，钻得深，很多技术考虑得非常超前。”

“路哥做的产品很经典。就好像家里的老物件，虽然时间长了，但其实毫不逊色于新物件。””方健贵在“师父”和“路哥”的称呼间任意切换。

周末，清晨，苏锐锋一早来到实验室，还没进门，就听到电动螺丝刀的声音，他还以为是装配人员早早开始干活了。推开门，看见张路明正坐在实验桌前，拆装谐波板上二十几颗螺钉，他叫一声“路哥”，没有任何回应。

同事们都知道张路明对技术的痴迷，遇到技术攻坚，他一坐就是半天，吃饭、走路，随时随地都会陷入沉思。时间长了，同事们了解他的状态，遇到他走路时低头、皱眉，一般就不会去打扰他了。

暮色让厂区暗淡下来，唯有灯光还在守望着加班人。姜红英做了丈夫最爱吃的电饭锅鸡，难得回家的张路明匆匆地吃过晚饭，又返就回实验室继续加班了。小数分频测试，还需要一些数据。他拎起垃圾袋下楼，本想扔了垃圾后进厂。走到计算机房门口，他发现手里的垃圾袋还在，才又转身去扔掉。

在张路明朝乾夕惕的坚持下，对设备仿真修正用了3个月的时间，门阵列从1万门缩减到3千门以内，芯片的面积大大缩小。“3个月看起来时间比较长，其实不是技术问题，而是设备原因。90年代中期计算机仿真速度不快，经常好几个小时才能出结果。不像现在，一进去结果马上就能出来。现在的服务器太强大了。”张路明笑着摇摇头。

这是我国第一台用于短波通信的跳频电台，解决了台湾海峡的通信问题。

看着眼前的张路明，我问他：“在专业领域有偶像吗？”

“偶像？”他迟疑了一会儿，“喜欢看一些国外科学家的故事，比如阿基米德，通过一件事情突发灵感，得到结果。有关技术方面的故事，比如曹冲称象，能够告诫自己，专注不是钻牛角尖，而是专注在问题的解决方法上，不放弃，任何事情都有其他的途径可以解决。”略停顿了一会儿，他又接着说：“自己不迷信权威，甚至是挑战权威。”说罢，张路明的脸上露出了腼腆之色。

张路明在事业上有没有偶像，或者说是坐标，他的回答在意料之中，也在意料之外，阿基米德、曹冲，乃至线路板的极简，或许都是他追逐的目标吧。

对新事物认识、熟悉、理解、驾驭，时间投入必不可少，否则就不符合科学规律。在张路明研发的路上，也有一些失败的教训。

浓浓的年味近了，本以为这一年可以画上句号了。这天，领导找到张路明和喻斌，“20 瓦的电台做不做？用户要求 6 月份交样机。”“半年？时间太紧了。”张路明和喻斌商量说：“小功率电台从来没做过，公司有意向，就担起来做吧。”

张路明做模拟，喻斌做数字信号处理，两个人配合起来干活得心应手。春节过后，张路明拿出了方案，因为电台体积小，电路肯定要简单。做仿真时，张路明找到厂家了解元器件情况。

“我们有一种新部件，不知道适不适合？”有员工建议。但是，张路明并没有改动方案，依然用了旧方案。

样机做出来参加比试，室内测试指标很好，得了第一。野外拉距，问题就显现出来了——体积缩小，元器件没有减少，内部干扰变大。再想调整，已经来不及了，通信距离没有人家的远，失败了。

在复盘会上，张路明归纳了失败的原因，“一是时间太紧，春节前接到任务，2月拿出方案，3月采购，4月和5月把机器做出来，6月拿出去比试。半年时间，对于研发太短了，没有时间验证。”张路明不无惋惜，“二是因为自己对数字化信号不太了解，对新技术掌握得不够透彻，用了老方案，方案选择上产生了错误，导致失利。”

会后，张路明做了改进，又拿了一版方案，最终把通信距离问题解决了。然而，国内竞标失利，没有第二次机会，这款产品只能推到国外市场，做了外贸。

第七章 比试，技术指标中隐含了一个经济指标

2002 年，涿州。

大街两侧，行道树在阳光的烘焙下显出几分疲态。张路明带着通信设备，赶往某基地。国内通信领域的头部央企，都纷纷赶来。中国人民解放军总装备部组织的一场比试，即将开始。

狭小的房间内，各厂家短波大、中功率通信产品交到军方实验人员手中。电波穿越幽燕与荆楚，在燕山与秦岭深处展开了一场长距离拉锯战。

比试主要测试信息双向传送。数据传输，主要考查误码率。几十 K、几百 K 上传数据，比谁家的误码率低。语音通信传输，则由两端相互传送单字发音，一端按照事前规定好的脚本连续读字，一端在答题卡上勾选正确答案；之后互换，以确定设备性能。

改制后成立的海格通信规模还很小，超短波的小电台还没有开始做。张路明带着大功率和小功率两款电台参加比试。盯守，看旁人的产品，也防备自己的产品出现差池，以便及时处置。一连几个月，一款一款地比，一项一项地测。

秋霜降，北方已是遍郭衰草落花黄。张路明带着大功率电台第一名的成绩，返回花城。这个第一拿得非常及时，对于刚刚成立的海格通信，无疑是一针强心剂。订单接踵而至，企业盘活了。

国家军改后，竞标比试常态化。不同于计划经济时期，各家都能分得一块蛋糕。市场经济时期，各厂家要在市场的大盘子中凭实力竞争，既要守好基本盘，又要去突破新的领域。

竞标，失利，意味着出局，失去了科研资质，没有生产，企业生存就会面临危机。所以，每一次比试对于企业来说都是一场生死大考。

“您救活了一个企业。”

“不是我救活了企业！”张路明是一个非常实诚而低调的人，他很认真地说，“企业的经营很复杂。我只是一个技术人员。而且技术这一块，我只管射频这一小块，还有管电脑的，管数字传输的，管数字信号处理的，一个设备

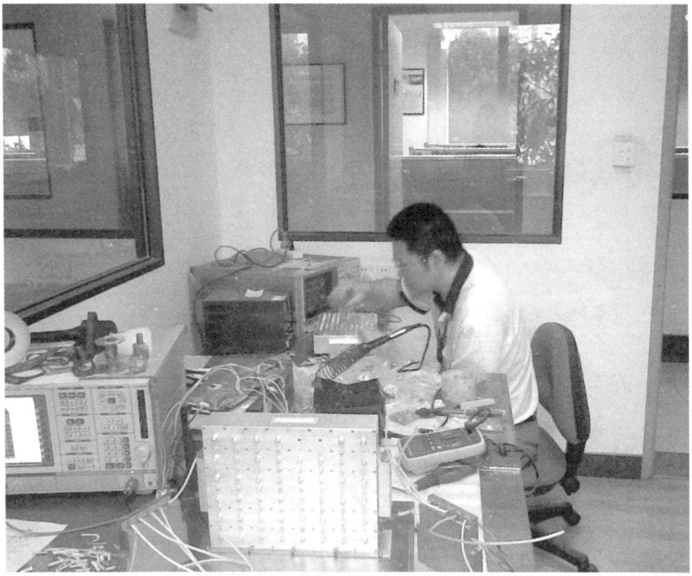

张路明在进行腔体滤波器调试

是由很多部分组成的。从现在来看，数字传输、数字信号处理很关键。射频做好了，只是设备的基本性能，发挥作用的是数字信号处理，就像现在的手机，用户只看手机好不好用，实际上不关心手机的性能。做射频主要是为软件发挥作用，提供一个好的平台。”

太阳宛若巨大的红气球，悬于天边。时任总经理的杨海洲召开骨干会议，对高速数据电台项目征求意见。“我们目前的产品都是短波，现在有一个高频段项目，比现有频段高很多，技术上有比较大的差异，能不能做？”技术出身的杨海洲知道项目的难度。音波在会议室内形成屏蔽，时间也被冻结在那一刻，只有一丝斜阳，透过玻璃窗缓缓地投射进来，在张路明眼前幻化成一只猫。是薛定谔的猫吗？他想，没有打开盒子，谁能知道猫的状态。技术上的难点还没有过招，又何谈成败。他决定要试一试。张路明看了看同事，同事们也都看向了他。“扩展频段是需要的，数字化更要做。”他说出了自己的意见，“既然有这个机会，还是要试一试。”当时厂里没有这方面的经验，也没有人能做。张路明主动担纲做射频模拟的负责人，着手拟订方案。

张路明坐到办公桌前。转换、替代，他有了思路，那就是在已知频段将技术加以转化，短波技术向高频转，所有部件用高频替代，并对相应技术进行调整。当然，具有挑战性的依然是抗干扰问题。每个电台都是一个数据传输节点，要组成网，就要安装几部电台。电台之间存在相互干扰，解决干扰问题，就需要做滤波器。

张路明翻阅资料，查找文献，从原理上进行分析论证，确定用多大的滤波器，以及滤波器的指标和带宽。

张路明拿出方案后，经过与用户讨论，得到了用户的认可。张路明很有成就感。螺旋腔体滤波器以前从来没有人做过，是从无到有的突破。滤波器里面有一个线圈，做得非常辛苦，张路明摸索了很长时间才完成。

缠绕线圈的线只有 2 毫米粗，需要手工绕线，拧起来很费劲。张路明算出高度，一圈一圈地绕，一点一点地缠，但要么大了，要么小了，要么松了，要么紧了，每一次缠绕都呈现出不一样的结果，怎么办？张路明看着眼前一堆线圈，心想再这样绕下去，还是一样的结果，他停下来重新分析问题所在。他要给线圈做骨架，用骨架撑开，这样线圈的尺寸相对比较一致，问题就轻松地解决了。最终，张路明确定了工艺流程和调试流程，交给了机器加工。

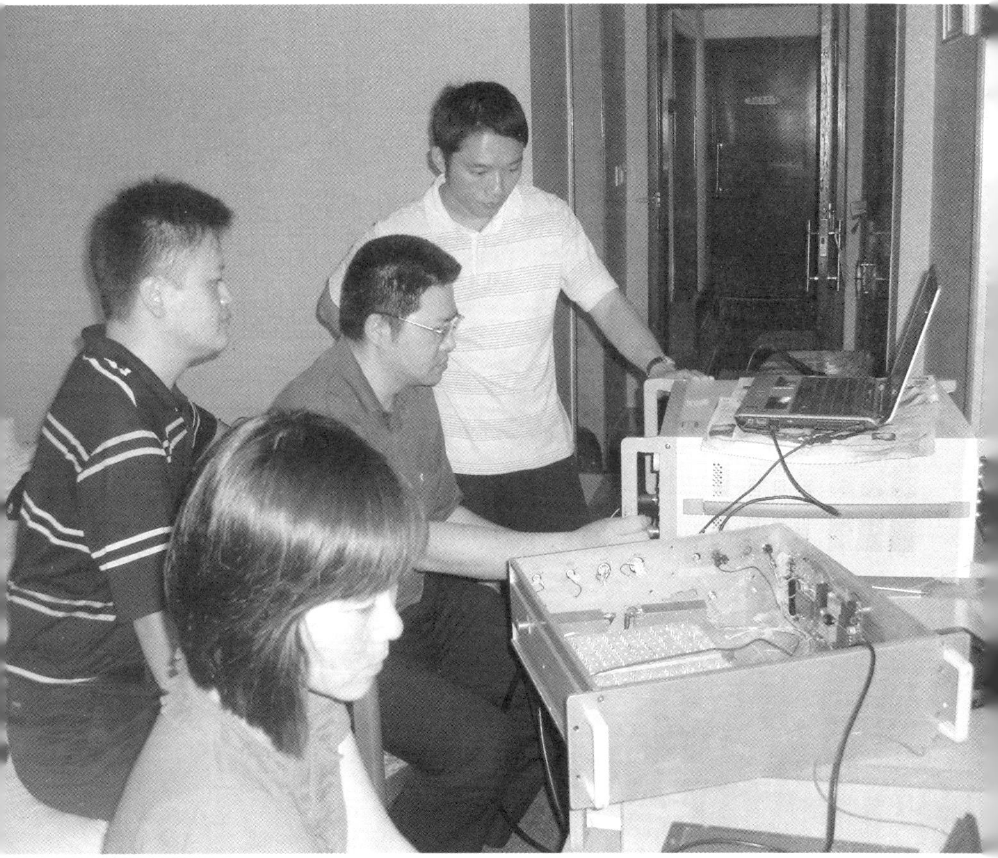

2007 年，滤波器竞标比测前夜（右二为张路明）

第一次测试主要是设备的电器性能，作为组长单位，高速数据电台拿了第一。螺旋腔体滤波器在产品线上一直在用。

这是又一次比试。

张路明最后总结，从机理上先弄清楚应该怎么做，后面做起来方向更加明确，对可能出现的问题基本会有所预

张路明（右二）与同事在进行高速台方案讨论

见，从什么地方着手解决，通常也会比较明确。谋定而后动，对产品研发大有益处。

张路明喜欢在现有条件下，将达不到设计要求的产品，想办法达成目标。

他说，这部电台是比较成功的。

在做高速数据电台的同一时期，张路明还接到了一项任务，同样是解决信号抗干扰问题。他认为有了螺旋腔体滤波器的经验，应该可以做。

张路明启程到实地调研，登上了塔台。

“塔台、塔台，01 呼叫。”

“01 请讲。”

“……请求……”

“01 请重复。”

塔台上，多部 U 段电台同时工作，相互间产生了干扰。陪同张路明调研的技术人员说：“情况您都看到了，通信质量是飞行安全的一道屏障呀。”

回来后，张路明又一次坐到了办公桌前。他翻开调研笔记，针对用户提出的抑制度、损耗等具体指标，分析滤波器产生作用的因素。他拿出一版螺旋腔体滤波器方案，没能满足用户方要求，又拿了一版跳频腔体滤波器，用户方再次提出改进意见。经过反复沟通，最终确定同轴腔体滤波器。张路明前后拿了5版方案，这在他的设计中很少见。

青云衣，彩霓裳，晨曦将长空万里染浸。张路明开车穿行在车流中，他把音量调到最大，音乐放空了他大脑里盘根错节的问题，使他能够专注开车，这是张路明长期养成的习惯。

进了厂区，张路明关掉音乐，问题又跳出来缠住了他。

用户方要求带外抑制度要高，插入损耗要低。一高一低，决定了腔体的品质。张路明分析其构成要素，从设计角度来看，不可控的电阻部分由镀银层的光滑度和厚度决定，成品管控在于电镀车间，暂不去考虑。自己能够控制的是什么呢？

体积做到最大，杆子会不受控，因为杆子比较深，里面的轴直接吸不出来，必须用腔体叠加上去。为了保证杆子与腔体紧密结合，张路明改变了既往的设计，将一个大螺丝固定改为四个小螺丝固定。但是，螺钉对力矩是有要求的，需要把接触面紧紧地与底部连接，保证接触电阻最

张路明（左）与同事进行高速数据电台北方雪地实验

张路明（左五）参加技术发展规划研讨会

小。张路明坐到实验台前，自己动手调螺钉力矩，经过反复摸索，他找到了有效方法，保证了底部接触良好。

最终，三家比试，张路明拿了第一。

这次比试后，海格通信的产品进入了市场。如此一来，产品销量多了，很多机场都在用。

张路明说，自己干的事情虽然都不是特别大，但在细节的把控方面，他下了很大的功夫。做滤波器的同时，张路明还做了电子开关。

很多滤波器有电子开关，射频要不停地切换。以前都是外购，一是比较贵，二是工艺复杂。

通常情况下，电子开关安装在导热陶瓷片上，再通过印制板导热。张路明在使用中发现，经过的层数多，材料多，导热损耗就多，在应用中经常被烧毁。张路明想了个办法，他在印制板上掏个小洞，把电子开关中间没有电的陶瓷体，直接用导热脂压到外壳上面，让电子开关只通过一个介质。因为没有多次的焊接，降低了工艺的复杂度，所以导热效率提升了，损坏率降低了。

电子开关的价格很高。张路明做的射频模块，电子开关从仿真到设计到调试到生产，做下来成本大幅度降低。

在一个设备上就要用8个开关，也就是说，一个设备的成本就节约了几万元。

在结束采访返回酒店的路上，笔者回忆着一天的采访，经济效益与技术，似乎产生了密切的关联。

张路明在每一个案例后面，都会提及经济效益。在采访徒弟时，他们也会把经济效益提到很重要的位置上。

何以如此？

张路明认为，首席科学家要站在战略层面，产品方向会决定企业生死，需要提前布局。专家要站在战术层面，技术决定企业的盈利水平，需要精雕细琢。

以前竞争靠关系、靠市场，现在竞争靠的是样机指标支撑，更倾向于产品力的竞争。张路明注重的是产品力的提升，相当于把技术放到产品里，提升产品的竞争力。不论是固有的领域，还是在新领域，他都是绕不过去的技术领军人物。

第八章 企业改制，一路贵人相助

1978 年底，党的十一届三中全会召开，会上确立了党和国家的工作重心转移到以经济建设为中心，“军转民”成为这一时期国防科技工业的中心任务。

750 厂，是我国最早的部属军工电子骨干企业之一，在转型过程中，企业成立了民品部，开始生产电视机、录音机、收录机、音响等民用家电产品。

当企业真正面向市场的时候，命运只有自己把握。面对风起云涌的竞争，从央企刚下放到地方的 750 厂，面临着前所未有的挑战。

从计划经济转到市场经济，对企业经营是一个很大的考验。潮起潮落，弄潮儿要凭借自己的本事在风浪中获得生存机会，市场提供了足够大的舞台，开弓没有回头箭。

民品部与港商合作，生产天虹牌电视机，抢到了第一杯羹。然而随着港商退出，产品失去了市场，企业举步维艰。

“妻子在民品部，在电视机生产线上工作。1989年，她的工资就能拿到200多元，而我当时的工资只有70元。”

“有多长时间？”

“合作商是香港个体贸易商人，时间不长就退出了。不得已，厂里把电视机品牌改成南虹牌，相对于天虹少了先入之机。很短的时间内，全国就涌现出200多个品牌的电视机生产厂家，国内消费类电子产品的需求从卖方市场急速转变为买方市场，竞争加剧，加上产品质量、服务等因素，导致产品的市场认可度很低，销量急剧下降。”

以电视机为支撑的民品部受到重挫。此时，军工生产任务日渐减少，军品规模小、产品单一，市场需求有限，微薄的收益难以维系企业生存。

张路明（后排右二）与同事合影，后排右三为喻斌

辰来朔，震，起也。

1978年12月，党的十一届三中全会召开，中国开始实行对内改革、对外开放的政策。中国的对内改革先从农村开始，1984年重点转入城市改革。

春天的故事唱遍了大江南北，“下海”成为一时的热词。广州人在居民楼一楼临街的墙壁开个窗，便有了生意。单位的福利房，避之不及的一楼一时成了抢手货。随便做点生意，日子都会过得很滋润。

“我也冲入大潮，‘湿’了下身。”

“做什么？”

“利用工余时间，帮人组装小计算器。”

“干了多久？”

“就几个月，赚了几十块钱。东莞电子厂迅速崛起后，这波浪潮就过去了。”

“副业在当时很时髦。”

“就是玩了一下，我的个性还是求稳，国企稳定，所以还是留在工作稳定的厂里。如果是冒险性格的话，可能就跑去深圳了，当时很多人都去了，我自己没动。”

在同事的眼中，张路明特别老实，不太把钱放在眼里。岳父家条件比较好，在解决了基本温饱问题之后，张路明对金钱的欲望就不是那么强了。他不太想着赚钱，也不想跳槽。只要工作是有意义的，他就全身心投入，从不在乎名利。

张路明每周固定和部门同事打一次羽毛球，其他时间就是工作。上班是工作，下班是继续工作，到晚上九十点钟才回家。

1992 年，李承志着手对企业进行改制。为了安置员工，750 厂把俱乐部和食堂的土地出让给了广东省高级人民法院，出让款作为职工安置费。1000 余名职工，每人每年 1300 元的工龄补偿。虽然钱赔得不多，但职工也乐得买断。当时走了一部分人。很多人拿着补偿款开起了餐馆。当年和张路明一起进厂的同事，有 28 个本科生，有人去了东莞电子厂，有人做了老板。如今，只有他一个人还在厂里干技术。企业内的不景气，与企业外的风生水起形成了鲜明对比，张路明却没有动心，一直待在厂里，很多人对此不理解。

“厂里一个月几百元钱的工资，去东莞就可以拿到几千元。十倍之多，你没动过念头吗？”

“如果说没有动过念头，也不现实，人毕竟是有生活的需求，能有好的生活条件当然是一件好事。有过一念萌发，一瞬而过。”

“如果当时离开，一个凭技术吃饭的人，会不会比现在好？”

张路明摇摇头说：“不一定。一时的得失对日后的发展不可预测。如果当初离开了，可能就不会有现在的自己了，是海格给了我发展的空间。”

2000年8月1日，海格通信正式挂牌成立，代表750厂运营。时任总经理的杨海洲特意将张路明和喻斌安排在一个办公室，一个做模拟，一个做数字，两人成了很好的产品搭档，一起做成了很多很好的产品。

2001年，在担任研发中心主任半年后，张路明找到杨海洲主动请辞：“搞技术需要很严谨的逻辑思维，和管理思维不一样，我希望自己能够把更多的精力放在技术研发上。”杨海洲理解他的想法，着手解决技术人员的待遇问题。在张路明卸任后不久，公司设立技术人员晋升通道。张路明作为主任专家，获得了与其行政职务对等的待遇。

技术通道不是仅对张路明，而是让所有技术人员可以更加安心创研，让员工对企业有了更加贴合的依存。

张路明说，杨海洲是自己的贵人，他创新企业机制，良好的企业环境使张路明能心无旁骛地钻研技术，作出一些技术突破，成就了现在的自己。

“这么多年，我没有被太多的欲望左右，都是被命运推着走。小时候，在学校受的教育就是螺丝钉精神，一是钻研，二是钉在哪儿就在哪儿做好本职工作。可能因为有了这样的定力，才遇到了那么多贵人相助。现在想想，一路走过来，没有经历过太大的挫折，人生路还比较顺。”张路明说道。

从大学毕业后，张路明被分到了广州，就与750厂和海格通信有了这份终身厮守。这一路也遇到好多贵人。

进厂后，张路明遇到了林贞贤。

林贞贤是海格成立前威信通信总公司的一把手，技术出身。张路明在做第一台军用电台的时候，在技术上有解决不了的问题，他会跟着一起做实验，就如同现在的张路明和徒弟们一起做实验。潮湿实验时，林贞贤帮着张路明一起分析解决问题。

平时两人会一起聊天，一起打球，一直保持着交往。

企业里还有一位贵人张志强，1978年华南理工毕业，在公司做电台时攻克了国外技术。20世纪90年代获得广州市金鼎奖，被奖励了10万元。张路明说，张志强做事很踏实，在技术上肯钻研，是自己的榜样。

张路明（后排右一）与同事合影，前排右一为林贞贤

张路明（左）与奥运火炬手杨海洲董事长

张志强在做了海格通信常务副总后，被大家亲切地称为“不管部部长”。虽然表面看没有太多具体职责，但是，他主管过的很多部门，员工工作上有问题都会找他，请他出面解决，他很公正。

张志强是“老三届”大学生，他的同班同学在各个领域都非常有成就，有TCL的老板，有迪生的老板，他都没有跳槽，一直待在海格。虽然在海格成立之前，张志强的工资很低，夫人做贸易收入很高，但他们没有产生嫌隙，家庭很和睦。

在工作、生活中，张路明视张志强为榜样。“把自己的事做好，其他鸡毛蒜皮的事情，可以不用管。”张志强的言行，深刻地影响着张路明。

第九章 传承，谋定而后动

海格每年要招录150名左右的新员工，90%都是研发人员，以校招生为主，社招为辅，能进路明实验室，基本上是西电、哈工大、华中科大、东南大学、清华、北大、西北工大毕业的硕士生。

公司招聘，都会请张路明出考题、面试，张路明多是出些很简单的基础题。他发现，应聘者对芯片应用都很精通，但是对于最基本的基础知识，却达不到要求。他说，进入大学要先上专业基础课，之后才进入专业学习。基础知识可能都用不到，但是一旦遇到问题，没有基础知识也很难解决。

“出现问题，要从最基本的逻辑上分析为什么是这样，而不是从现象出发，头痛医头，这样就本末倒置了。从理论基础去研究、探源。”这是张路明最常和徒弟们说的一句话。

关门女弟子郭锋进路明实验室后，张路明带着她做基站项目。郭锋找到张路明，问：“师父，这个项目太难了，能不能换一个呀？”张路明语重心长地告诉她，“将来芯片都能集成，只有这块有技术含量，不可替代。”郭锋听师父这么讲，不再争辩。“先把基本原理弄通，通了之后，要看什么样的材料适合用在这个地方，然后在这上面去设计，如果有哪些材料不能达到设计要求，看可以用什么其他材料代替。最后，把需要用的材料特点摸清楚，再把它们组合到一起就可以了。”张路明嘱咐郭锋。

郭锋按照师父的要求，搜索各种英文文献，找最新技术，边看文献边翻课本，一点点消化。经过一段时间的摸索，她的思路逐渐清晰——方案、仿真、打板、架实验环境、调试，在张路明的指导下，有条不紊地进行。

功放的调试很有难度，如果操作错误就会炸毁电容。

2009 年，路明实验室人员合影（后排居中者为张路明）

郭锋小心翼翼，担心把仪器仪表弄坏了，一套仪器就价值几十万元呢。

调试要在设备最大功率处的地方，这里电流最小，效率最高。如果电流、电压很高，就容易烧毁设备，人也容易疲劳。郭锋盯久了，有些头晕。张路明把她叫到身边，一边调试，一边跟她讲：“用手摸的时候，放上去能忍一下就受不了，温度就是50℃。如果一下都摸不了，就是50℃以上了。如果随便摸，就在40℃以下。”郭锋学着师父的样子做，日后她也这样教徒弟们。

郭锋白天调试，晚上总结，再翻文献，第二天再继续实验。

2010年，海格成立集群通信事业部，俞森吉从路明实验室调到了集群事业部。当时集群在做手机收发信道部分，有一个锁相环调试精度，项目组做了各项调试，可就是找不到问题的关键点，用仪表测就差一点，精度总是不够。将近一个月，调试都没有太大的改观。

这天，张路明走进实验室，俞森吉看见师父来了，上前请求支援。“师父，锁相环的精度调不出来。”“什么问题？”张路明了解情况后，判断问题应该出在环路滤波器

2010 年，张路明（左）与徒弟俞森吉

上。他在俞森吉背后的工位上做起了仿真。

“好，搞定了。”张路明喊了一声。

俞森吉跑过去，问：“怎么样，怎么样？”

“定好了指标。”

“怎么弄的？”

实验室七八个人，全部停下手里的活围过去看。一个多月的调试没有结果，却被师父三两下搞定，俞森吉和同事们佩服得五体投地。

张路明也很开心地说道：“把这个关键电容的电容值提高，指标就提上来了。”他指着实验台，告诉年轻的设计师们。

“师父能想到，我们怎么就没有想到呢？”“这是他经验积累的结果。”俞森吉和旁边的同事耳语。

这个项目后，俞森吉独立设计高动态范围低噪声放大器，在仿真时，其中有个动态范围指标一直上不去，张路明从理论上帮助做分析，建议他采用多管并联的方式，提升放大器的动态范围。俞森吉按照张路明的意见做了仿真，又根据仿真结果做了电路板。经过上板调试，动态范围提升了 10 个 dB（分贝）。

张路明在每一项实验后都会告诉徒弟们，哪个地方有创新点，哪个地方是突破，可以申请专利。后来，这一技术申请了专利。

带徒弟，就得和徒弟一起去做。张路明说，现在徒弟们做的东西，基本上自己都在做，而自己当年做的东西，徒弟们现在都不会再做了。技术更新得很快，徒弟遇到问题时，只能和他们一起摸索，一起实验。

射频专业，频率太高时要对线进行校准。比较短的线，在一般情况下，可能设计师不去核准，基本会忽略其影响。方健贵讲述了自己的一段经历。

一次实验中，有一小段线正好在一个阻抗体内，设计师们没有注意到这段线，张路明看到了，给大家推算出线段会产生多大的影响。几乎可以忽略不计的一小段线，能对阻抗产生什么影响？跟随实验的设计师都不太相信张路明的推算。张路明耐心地给他们演示反推，推出来的结果与实验结果完全一致，设计师们折服了。

徒弟们几乎不考虑的问题，在张路明这里成了解决问题的关键。理论与实践，隔着的不仅仅是时间，还有态度。

张路明要求徒弟们把工作过程出现的问题、测试数据、实验过程、测试心得、学习总结，从专业技术到个人成

张路明（右）指导关门弟子郭锋

长，都记录下来。

“您当初做笔记吗？”

“当然做，现在回过头看，发现当时的问题都很低级。觉得都是不应该发生的问题，怎么就发生了呢？”张路明又一次露出了略显羞涩的笑容。

“您的徒弟，一年要用掉四五个笔记本。”

“在工作中建立起规范，一边实验，一边想办法解决，这对他们的成长会有帮助。”

实验室每周都有碰头会。每个人就自己负责项目的进度、存在的问题、遇到的瓶颈、实现的突破等情况，在会上通报，以便大家彼此间相互了解工作进度与难点。如果会上提出的问题几天内得不到解决，张路明就会出面干预，帮助徒弟从原理上分析，再去验证。徒弟们根据张路明的意见，把他的想法落实，问题基本能够得到解决。

平时，张路明不在实验室就在自己的办公室，徒弟们遇到问题找到他，他都会耐心地解答。除了讲技术，他还会推荐一些书籍。事后，张路明会过问问题处理的情况，看问题解决得怎么样了。慢慢地，徒弟们形成了习惯，把问题解决的进展情况主动向张路明反馈，工作形成了闭环。

时间长了，习惯就变成了一种工作方法。

“传承”，是徒弟们说得最多的，他们自己用张路明的方法，又将这些方法带到各个事业部，传给了自己的徒弟。

张路明有自己的带徒弟经，电子产品发展得太快了，跟以前不一样了。以前的老经验，只是说在处理问题的时候，知道从哪个方向、用什么方法去查问题。现在带徒弟，只能和他们一起做，教他们方法。可能处理问题时，看问题的角度不同，可以帮助他们从不同的角度去理解、分析问题。还是要从最基本的原理，从书本知识抠字眼找答案。

张路明对专业的追求、纯朴的气质，会传递给团队的骨干和成长中的年轻人。他很有韧劲，技术攻关的时候很执着，在技术攻关中获得的快乐也很纯粹。在共同项目竞标时，这种工作的激情与快乐对徒弟们有很大的影响。

精气神的传递对一个技术人员的成长来说很重要。

这些技术人员分到各个事业部后，都做得不错，应该说有赖于张路明的影响，这也是一种传承。

第十章 孩子，有问题你要自己承担

披着星光漫天，张路明回到家中，孩子已经在他床上睡着了，张路明把他抱回自己的房间。妻子娇嗔地说："儿子说了，什么时候才能不用替爸爸陪妈妈呀。"张路明抿起嘴，用惯有的笑容作了回答。

"我今天打他了。"

"为什么？"

"没完成作业。"

"噢，该打。"

第二天，张路明特意抽出时间早早回家，他把张亮叫到身边，孩子见到父亲，上来就告状：“妈妈昨天打我了。”“为什么？”孩子低下了头。

张路明给张亮讲了凿壁偷光的故事。“和匡衡比，不完成作业，该不该打？”张亮点了点头。

在教育孩子的问题上，张路明和妻子的理念是一致的，夫妻二人不能一个教育，一个袒护，如果那样，家长很难在孩子面前树立起威信。方法上可以一刚一柔，但是认知必须一致，而且要让孩子认识到自己的错误。

张亮小学在750厂子弟学校读书，每天上学，书包里装的都是当天上课要用到的课本。这天，老师临时调课，虽然在一个大院里，但也来不及回家取书。没有书，老师让张亮到教室外面罚站。

“刚看到张亮在教室外罚站。”

“什么情况？”

姜红英跑到学校和老师理论起来。回来后，她跟张路明抱怨：“这样的教育有问题，调课没有提前通知，我找到学校去了。”“别急，慢慢说。”“转学，这种教育方式有问题。”

姜红英一句一个教育有问题，没两天就把孩子转到了

儿子初中时，张路明一家旅游

铁路一小。

转学后，张亮的成绩一点点地提了上来，像是验证了姜红英的说法。小升初考试，距离市重点初中铁一中的录取分数线仅差零点几分。张路明和妻子商量道：“要么找找人吧，差不到1分。”“去了也是尾巴呀，学习会不会吃力？”“环境不一样。”“跟不上有什么用？”在夫妇两人的再三权衡下，张亮按成绩进了铁四中，即后来被取消的梅花中学。

塞翁失马，焉知非福？张亮的成绩在班里是拔尖的，老师常拿他做榜样教育其他孩子，这给了张亮很大的鼓舞，成绩一直在提升。

中考时，张亮压分进入广州重点学校广雅中学，毕业时，他的成绩排在全校前50名。

张亮和父母有两份君子协定。第一份协定，关于玩乐高。六一、春节、生日三个固定时间段，可以给他买乐高作为礼物。除了固定时间，考试成绩好，也可以是用乐高作为奖励。这是为了让孩子知道，通过自己的努力可以得到想到的东西。在君子协定下，张亮即便平日里遇到喜欢的东西，也只会多看一会儿，却从来不要。

第二份协定，缘起网络游戏。

“张亮去网吧了。”夜深人静了，张路明回到家中。

“和谁？”

“同学。”

张路明深思了片刻，说：“买台电脑吧。”

“鼓励他玩游戏？”

“如果不让他玩，回到学校和同学们没有共同语言。去网吧环境太杂，不可控。与其去网吧，不如在家里玩。”

第二天，张路明和妻子买回一台电脑，他们把张亮叫到身边，和他“约法三章”，每天放学写完作业后，可以玩一个小时游戏。如果考上大学，买电脑的 7000 元钱，就不用还了。

张亮亲手写下字据，贴在了电脑上。张路明要让儿子知道，游戏只是娱乐消遣的方式，在任何情况下都要自律。

张路明感叹，网络成为重要的社交工具，由于它的开放性，让孩子们过早地接触了一些不该接触的东西。孩子本身没有自控能力，监护人可以给他空间，但是，家长要严格把控，对于一些玩物丧志的行为，不能视而不见。现在很多孩子进入大学后，整天玩游戏，就是因为缺乏自律。

张路明在徒弟的心目中是“战神”，而在孩子的心中，则是“十万个为什么”。

上小学时，儿子张亮有一道奥数题解不出来，于是向爸爸求援。父子俩坐到学习桌前，研究怎么用孩子学到的知识解题，虽然颇费了些周折，但最终还是解决了。张亮对父亲十分佩服，此后，有什么难题他都会追着父亲问，张路明也都会帮儿子解锁。

孩子的学海航线上亮起了灯塔。

张路明说，如果用成年人的方法就简单多了。但是，那些知识孩子还没有学到，要用他之矛去克他之盾，确实有点难度。

现在想一想，在孩子面前要树立起权威，是在孩子遇到困难时，能很好地帮助他解决问题。

高考，张亮以超过录取线4分的成绩被华中科技大学录取。填报志愿时，他选择了当时国内热门的专业——集成电路封装。然而进了学校才发现，学校没有把这个专业放在电子系，而是放在了材料系，这样一来，集成电路封装就变成了集成电路封装材料。

张路明在业内多年，给到孩子的建议是，将来一定是软件的天下，硬件除非做集成电路。张路明准备让张亮

张路明与儿子探究路灯的奥秘

转到软件学院，张亮却认同老师的建议，认为学材料比较好。

在张亮 18 岁的成人礼上，张路明曾经对他说：“我们只给你建议，决策交给你自己，结果你要自己承担。”张路明抬起头，意味深长地说：“研发新材料更要耐得住寂寞。”

进入大学，张亮参加了学校社团，在留学生协会做

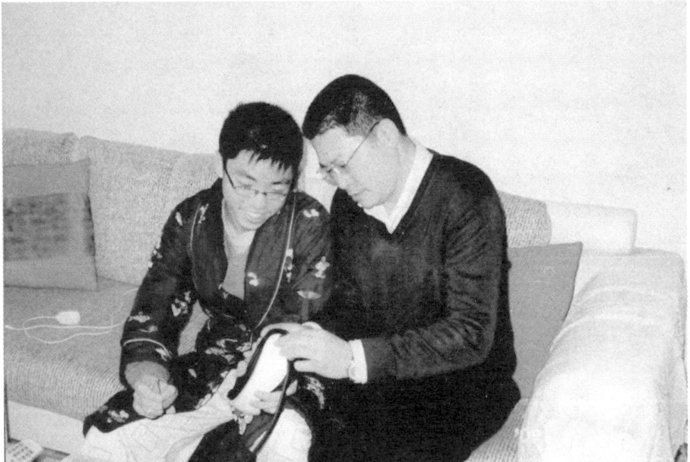

张路明指导儿子拆解、维修家用电器

部长。

“我们学校有个项目，到爱沙尼亚做义工，去不去呀？”

“去。”张路明很肯定地答复。

张路明不仅为短波插上了翅膀，他还要给儿子插上翅膀，将他“放飞”。

谋定而后动，这一方法在对张亮的培养中依然适用。张路明把工作方法传给了徒弟，对孩子的教育，却多了基因与血脉的共融。

大一暑假，张路明给张亮办了到美国的游学，“万物互联、世界共通”的时代，他要让孩子去见识从 0 到 1 的蝶变。

回来之后，不出所料，张亮说：“我要出国读书。”“那就准备吧。”张路明虽然没有阻止孩子学材料，但是，他深谙行业发展方向，他给出时间让孩子自己作出选择。

依张路明的理念，孩子的大学阶段一定要在国内完成。孩子过早出国，三观未曾建立，不具备辨别是非的能力，对孩子的成长未必是好事。

“托福考了几次，成绩都不理想，最高一次才考到 98 分，按照美国学校的录取条件，张亮不可能被录取。或许是在大学期间做义工的经历，却让张亮意外地收到了

offer。”张路明说。

2015年，张亮大学毕业，到哥伦比亚大学读电子工程方向的硕士，主攻集成电路设计。一年半后，张亮毕业了。面临择业时，他在美国投了很多份简历，发现硬件确实不好找工作。这时，他才理解了当初进大学时父亲为什么建议他转专业。

几经努力，张亮进了海蒂斯，做起了硬件中的软件，两年后去了谷歌。

第十一章 2023年，路明实验室的道别

2023年12月的一个下午，张路明接到电话。

“路哥，您在吗？”

“在。有事吗？”

“噢，您别出去，我们过来。”

电话是路明实验室负责人林锡贵打来的。

没一会儿工夫，林锡贵带着马东和同事们涌进张路明办公室，张路明看这势头，有些诧异。平时都是有问题单独过来交流，今天怎么全都来了？

林锡贵手里捧着一束鲜花，郑重地代表实验室的同事献给张路明。“路哥，谢谢您给我们的引领。”张路明笑了，似是自言自语，“你们这群小子。”

自送别，心难舍，一点相思几时绝？办公室内暗自涌动着一股情愫，激动、感恩、不舍、离愁，谁也说不清楚，每个人都挤近张路明身边和他拥抱。

在他们的簇拥下，张路明和大家一起来到楼下，拍了一张全家福。

那一年，张路明到了退休的年纪。

张路明要退休了，这个消息在路明实验室不胫而走。

林锡贵把大家召集到一起，商量着以什么样的方式和张路明道别。“请路哥吃顿饭吧，答谢他对我们的支持与帮助。”“给他买件礼物吧，留作纪念。”实验室团队平均年龄29岁，为表示对张路明的尊重，想着各种送别方式。“一顿饭，不能代表我们的心意。一件礼物，谁都可以买，也不能代表我们的诚意。”有人提出反对意见。在众说纷纭中，林锡贵说：“咱们为路哥设计一块纪念牌吧。”“怎么设计？”这下，大家都来了精神。“要体现路明实验室。”“要有路哥的名字。”“还要有路哥的照片。”大家七嘴八舌，描绘出能够代表张路明的元素。会后，林锡贵特意跑去找张路明要了一张照片。“我朝路哥要了一张照片，没跟他说做什么用。”他有点儿诡异地笑了。“只有用心了，才能把对路哥的尊重、崇拜、感恩表达出来。”

林锡贵从手机里调出照片，指着说：

“这是路明实验室的牌匾，这是路哥；这是路明实验室的牌子，还加了一句比较朴实的话：‘路哥，我们开拓向前的指路明灯。’

“我们都是做技术的，比较纯朴一点点，纪念牌有两面，另外一面有表达祝福的话语：

祝路哥：

吉祥如意　身体健康　心想事成　阖家幸福！

路明实验室全体同仁

2023.12

“这件事虽然很不起眼，但是能表达我们团队所有人对路哥的崇拜和感恩之心，能表达得淋漓尽致。”林锡贵笑了，“说这个词，会不会有点过分啊。”

已经过去一年了，林锡贵讲述当时的情景，依然很激

路明实验室全体人员送给张路明的纪念品

动。他回忆起了路明工作室成立前后的点点滴滴……

2006年，张路明已经在海格干了22年，在行业内已然是领军人物。如何发挥高级人才的作用，如何体现组织对人才的尊重？海格通信主要创始人之一、时任总经理的杨海洲思考了很长时间。提出成立以个人名字命名的实验室的创意，在当时，全国总工会还没有先例。在海格，路明实验室是一个行政部门，是组织架构中的一级，与后来设立的一些专业实验室有所不同。以个人名字去命名一个行政部门，也是绝无仅有的。

路明实验室的定位是做好射频信道，带团队把射频专业技术做扎实，为各技术部门做支撑，同时培养带动更多的技术人员。几年时间，张路明带着团队，研发出多通道板卡接收机，大功率跳频滤波器，几个类型的接收机、射频模块，实现了很多技术上的突破。

其间，为了强化射频专业力量，公司所有射频产品曾一度全部由路明实验室负责。随着公司业务进一步壮大，2017 年中国军改，为使工作更高效、更有竞争力，公司对组织架构再次进行了调整，路明实验室前期培养的骨干，正式分派加入各个事业部。

调整后，路明实验室设在研究院，作为成果转化的最前端，招录新人进入路明实验室，补充实验室人员不足，林锡贵就是那个时候来的。张路明发现他能力很强，有意往幕后退，后来干脆放手让林锡贵去管理了。

经过报备，在张路明的陪同下，我们走进了路明实验室。

大约有 20 平方米的长条办公室，中间放了操作台，办公桌围在墙壁四周，储物架上摆满的各种仪器仪表看起来有些凌乱。技术人员都做着各种测试，我们进入实验室时，他们似乎没有被打扰，依然忙着手里的活计。

马东在门口迎接了我们，他介绍说，路明实验室设在研究院，研究院定位是新产品、新领域。他们曾经做的一个重要项目，竞标入围之后，就往无人化方向去做。当时，无人机、无人车很多时候会相互干扰，基于张路明原来做的短波的滤波器技术的启发，做了无人机滤波器，目前在行业内应该说是做得最好的。

张路明笑了，舐犊之情可见。“他们现在做的，我都做不了喽。”他指向正在实验的技术人员，“他们虽然是做的模拟，可都是数字建模。我那时是用模拟的方式搭建，现在都用数字的方式，对工程师的要求越来越高，能力要求越来越强了。”随后，转向笔者，“咱们在展室看到的无人机，功能部分是我们的同事在负责。”

重型无人机在珠海亮相，一时引发了舆论哗然，订货意向很多。在展室里，我们看到了无人机三维演示，模块化是最大的特点，各种模块功能的实现就落在了路明实验室。

“我们目前正在根据不同的应用场景做最大化设计。重型无人机是固定翼大型无人机，类似空客飞机，降落也要去跑道降落，这就需要和地面塔台建立联系；它最大巡航

张路明（中）与徒弟在实验室前留影纪念

高度上万米，飞机飞到哪里，地面要知晓；还可以携带蜂群，这又需要协同控制通信。相应的通信功能都在研发中。将来，用户可以根据具体应用场景，选择配置通信模式。”马东如是说。

看过实验室，我们返回党员活动中心。穿过开放的办公区，张路明边走边说，当初成立实验室，个人觉得是公司对自己所做的工作的肯定，希望带出更多的技术人员，做好公司的产品。同时，也给年轻人以希望，努力做，做得好，可以成立以自己名字命名的实验室，这是对研发人员莫大的鼓励。

在实验室要有奉献精神，新方向的产品定型后，还要使用一段时间，验证性能。从研发到应用，有很长的时间，要耐得住寂寞。

现在，路明实验室把公司所有新产品射频模拟方向的研发都接下来了。包括无人通信、无人机、无人车、车控，还有应用5G、6G，都做了不少。

他们参与的有关射频模拟方向的比试，成绩都不错。

在海格的历史画册上，有这样一段话：2006年公司成立了以张路明名字命名的“路明实验室”，为海格通信培养了技术骨干超200人，其中专家级人才20余人，核心骨干 100 余人，现已分布在海格通信的无线通信、北斗导航、航空航天、数智生态四大业务板块，涵盖短波、超短波、集群、卫星通信、北斗导航、智能终端、无人通信等产品线，研制出来的产品也广泛应用于国产机载通信领域、短波综合业务网、卫星通信项目、航母无线通信建设、数字集群项目等。

第十二章 像师父一样温暖他人

仲夏，岭南的湿气，被北回归线上的日光烘烤。酷暑与宛若早春的浅冬，形成强烈对比。浅冬，异木棉开得正盛，大片的粉与湛蓝的天，温婉而多情。这两季，是张路明夫妇和徒弟们相欢的日子，就如同小蛮腰与大金环的遥望。徒弟们订了生日蛋糕，去赴一场约。

张路明有两个昵称，一个是“战神”，一个是“路哥”。在张路明徒弟的心中，是敬佩，是崇拜，是温暖，还是追求。

俞森吉，2006年7月加入海格通信，3个月的实习期满后，他主动找到领导，提出想在路明实验室工作，做张路明的徒弟。

“‘路哥’是射频模拟标志性人物，同事们提起他，都竖大拇指，在技术攻关突破和项目竞标中屡战屡胜，有点儿像神一样的存在。‘战神’又给了他一个更加高等级的光环。”俞森吉毫不掩饰他对张路明的崇拜。“师父带徒弟很有耐心，在工作中我们经常犯错，他很少发火，也不批评，他会很耐心指导，一直让你尝试，让你去提升。工作之余，师父会和我们一起去爬山，每年有两次聚会。”

和俞森吉一样，主动要求进路明实验室的还有颜克文。

颜克文在2009年进入海格。

“我进来的时候，是找过路哥的，因为路明实验室在海格太有名，我特别找到师父，跟他说，我想来实验室。师父先是跟我聊起了专业。之后，他告诉我，在路明实验室工作可能会比较辛苦，比如会经常加班。进来后，果然像师父说的，经常加班。印象最深的，他对技术很痴迷，我进来的时候，路哥四五十岁，还像个年轻小伙子，经常干到深夜一点，他也不觉得累。

“那时候，我们没有车，他会把我们一个个地送回去，他才回家。”

方健贵和郭锋是校友，都毕业于桂林科技大学，这是一所专业性很强的电子类学校。同样是电话复试。方健贵清晰地记得，他进厂后，第一次见到师父，觉得声音很熟悉，他觉得眼前这个人，就是当初面试自己的那个人。

方健贵2017年进入海格，是张路明徒孙辈，依然称张路明为“路哥”。

2010年左右，他刚来公司没多久，公司在做一个关键设备——空军滤波器，这是当时比较“卡脖子”的设备。他们每天加班到深夜两三点，持续了两三个月。

徒弟来了一茬又一茬，可“师父”混同着“路哥”的称谓，却未曾变过。每年过生日，张路明都会设宴请徒弟们一聚。张路明说，最开始的路明实验室有很多人是单身，老家在外地。那时候，就让他们到家里吃饭。慢慢地从一桌到两桌，从单身到拖家带口，离开公司的徒弟也回来，大家在一起，有了亲人般的情感。

徒弟们跟随张路明的时间并不长，少则一两年，多则三五年。徒弟们众口一词，他们做着同样的描述，笔者甚至以为他们在接受采访前做了沟通。

张路明的关门女弟子郭锋来到笔者面前，直言快语，

张路明（后排左六）和妻子与徒弟们一起登山

说起话来像一只百灵鸟，叽叽喳喳的悦耳。一坐下，她就把两张打印纸递给笔者，说这是黄总布置的作业。

笔者伸手接过来，她伶俐的话音也跟了过来，“我眼中的路哥，都写在上面了。”随后，她在桌上扫了一眼，“哎，他们都没写吗？”我们没有就这个话题接着往下说，而是转到了她的文稿。郭锋说：“您先看看吧！”之后就静默了，很安静地等我看完。

我知道故事一旦形成了文字，会有理性的左右，我更想听她感性的讲述。我抬头看向她，还是说说吧。

她的话很快从口中喷涌出来。

我 2010 年进入海格。

路哥、路嫂两个人对我们特别好，虽然工作中很严肃、严谨，但是不会批评你；但生活中完全不一样。我进海格十几年，一年 2 次，他和路嫂的生日从来没有间断过，都是他俩请我们这些徒子徒孙。

一开始我也没想明白，师父为什么会这样做。像我这样刚进来没几年，买房、结婚、生子，小孩子一点点长大，也是我人生路上变化比较大的阶段，有时候就觉得很忙走不开。但当把时间轴拉长的时候，就觉得坚持这么多年能做下来，是很了不起的事情。包括去年，他的儿子大学毕业去了美国，现在已经在那边就业，结婚成家了，去年回国办的婚礼，我们都去了。

我们大家都开玩笑，说："张亮，我们都是看着你长大的呦。"我都来了十几年了，比我早的师兄们都二十多年了，可不就是看着小孩长大的，所以就会聊到张亮小时候的事情。

他们身边除了我们这些徒子徒孙，还有一帮好

张路明（前排左四）与徒弟们生日聚会

朋友，都是认识几十年的朋友，也是每年聚，因为路嫂爱发朋友圈，我们都可以看到。

师父师母两个人都喜欢热闹，可能工作中看不到。一年2次聚餐，气氛特别融洽，把酒言欢，相互之间还会调侃。一般那个场合不会谈工作，偶尔会提两句，只在谈笑中——有点算是四两拨千斤吧，就把人生智慧糅进去了。我可能进去得比较晚，插不上话，但我喜欢听他们聊。现在有些同事不在一起了，有的徒弟出去了，但还会回忆在一起的时候，就会觉得氛围很好玩，很有意思。

路嫂还喜欢给年轻人介绍对象，平时比较关注年轻人的生活。路嫂人脉比较广，徒弟们买房这些大事，她都会主动帮忙。我们常说，路哥的军功章有路嫂一半。

路哥和路嫂的点拨，对我的人生和工作都很有指导意义。我希望将来能有像师父一样的状态，工作中认真严谨，生活中是温暖他人的人。

第十三章 同学聚会，勾起的陈年往事

2024 年 11 月中旬，西安。

秋风生渭水，落叶满长安。一树的银杏，添满了古都的秋韵。西安，等来了西电 1980 级电子对抗专业的同学们。

出走半生，耳顺之年归来，握手、相拥、把酒、言欢。张路明和他的同学们又一次聚首，这是他们相识的第 40 个年头。

西北电信工程学院的前身是中国人民解放军军事电信

工程学院，20 世纪 60 年代从部队归到地方，学校的老师就地转到地方。“工”字形苏式建筑，红墙水泥柱，褪去了领徽的军装置身其中，时光在记忆深处回溯……

那天，张路明从幼儿园回来，看见父亲正在摆弄一台矿石收音机。他很是好奇，蹲在父亲身边，父亲给他调到儿童节目，“小朋友，小喇叭开始广播啦，嗒嘀嗒，嗒嘀嗒，嗒嘀嗒，嗒嘀”。清脆的童声，让张路明觉得兴奋又有趣。一个方盒子能发出声音？张路明好奇地盯在收音机上，好像等着讲故事的人走出来似的。突然，收音机没有了声音。“么子格？”看着父亲在手里摆弄半天，还是没有修好，张路明生气了，照着父亲的腿上就是一巴掌，心想爸爸怎么这么不中用。手还没有收回，他就被父亲抓住狠狠地教训了一顿。父亲凶狠的样子，一直留在张路明的记忆中。现在回想起来，张路明觉得，可能父亲也为没能修好收音机而有些懊恼吧。

一台坏了的收音机，是张路明和父亲之间最有黏性的连接。铁轨亦寒，亲情将它焐暖，父亲的远方系着一份牵挂，“长大做个更好的”，成了张路明儿时的梦想。

长大了一些，电影《英雄儿女》里王成的形象深深地吸引了张路明，更确切地说，王成背上背着的电台吸引了他。王成站在山顶呼叫的镜头，他忘不掉，这是张路明10岁时候的记忆。王成在和谁喊话？那个人在哪里？为什么他能跟那么远的人通话？他们在战场上通过电波进行的沟通，更引发了张路明的兴趣。

又过了两年，《永不消逝的电波》里嘀嘀嗒嗒的声音，再一次敲进了张路明的心里。从小到大，外界的信息一再被强化，张路明心灵深处的种子慢慢积蓄着力量。

到了20世纪70年代后期，条件好的家庭开始购买零部件组装电视机，但只有9英寸，比豆腐块大一点。从此，邻居家成了张路明向往的地方，一放学就跑去看电视。

从听广播到看影像，从想象的世界到黑白的世界，从张路明能记事开始，无线电波的吸引，便不断地被强化，内心的问号也越来越大。

直到高考，一向成绩优异的张路明，选择了自己热爱的专业，1980年，他以高出录取分数线30分的成绩，进入西北电信工程学院。

春风得意马蹄疾，一日看尽长安花。9月，张路明从“唯楚有才”的楚地长沙坐了20多个小时的火车，来到十三朝古都秦地西安。

他走进了校史馆。张路明所学的电子对抗专业是学校

西电 2803 班毕业 40 年聚会合照（左六为张路明）

新开设的专业，在国内还不像无线通信雷达工程那样受重视。能教专业课的老师不多，孙肖子是张路明最为敬佩的老师。张路明最爱听孙老师的模拟电子线路课，无线电元器件、电阻、线路这部分知识，张路明学得最为扎实。在孙老师的课上，张路明对射频线路理解得非常透彻，为他日后的科研打下了良好的基础。虽然张路明上学期间跟老师交流得并不多，但对老师的尊敬由心而生。

大一上学期，课程还是衔接中学阶段的基础课，学习方法也无二致，这对于张路明来说并没有挑战性，他依然是班里的佼佼者。他认为大学不过如此，心态发生了变化。进入第二学期，张路明对自己的要求放松了。他以为既然专业方向确定了，毕业还包分配，就是对专业怎么学的问题了，况且自己第一学期的成绩很好。他几乎长在了球场，一个下午的时间，按照体力消耗程度，足球、篮球、排球，三大球玩个遍。球技见长，成绩却急速下滑。期末考试，张路明多门功课刚刚够到及格线，还有一门功课不及格，要补考。这狠狠地教育了张路明。从小到大，他一直是班里前几名的学生，这时的张路明心里慌了。球场去得少了，锻炼时间被大大压缩，晚自习不再缺课。知耻而后勇，他开始发力。

“大学毕业时成绩中等偏上，不像刚开始入学时是前几名。”张路明有些怅然，语气却又凝重。“经过前边那段成绩下滑，虽然后来追上了，但发现影响还是比较大。上课老师讲，和自己看书学是有差异的。在很多知识的理解方面有了缺失，基础部分弱了，有了缺陷，补也补不回来。”

在工作中，张路明总结了这一学期没有用心学习导致的结果。基础知识不牢固，会影响解决问题的能力，这是他得到的教训。也是这个原因，他在面试员工时，考得最多的就是基础知识。

4 年同窗结束，毕业后，同学们走上了各自的工作岗位——有央国企领导，有政府官员，也有行业翘楚。有在研究所的，有在军界的，也有自己做老板的。同学们专注在自己的领域，各领风骚。

“他们叫什么名字？”

“都曾在领导岗位，不方便吧。”

笔者只好就此作罢。

张路明略顿了一下，我们班有一个女同学申省梅还没有退下来。毕业后去了新加坡，现在是新加坡澎思科技首席科学家，专业转向了 AI 人工智能方向。聚会时，她给我们科普了很多人工智能的东西。

张路明对人工智能的看法也很有意思。他说，虽然现在人比 AI 聪明，但当 AI 有意识后，对事物的解读、对自然世界的解读，比人要厉害得多。人有时会天马行空，突发奇想，但是 AI 不再感情用事，它的逻辑性非常强，为实现某个目标，会用自残的方式达到目的，会自我牺牲。

给 AI 制定规则，让它保护人。机器人为了人的好，会去限制人的自由，比如，它认为外面空气不好，就不会让你出门，这样一来，人就被机器控制了。而且，总有人没有底线，有可能会让机器侵犯人。

碳基生命与硅基生命共存，必然是大势所趋，关键是掌握在什么人手里。

上学时，班上有 35 个男同学，6 个女同学。2024 年这次聚会来了 18 位男同学，有 3 位女同学，刚好各自过半。

“十八罗汉。”我打趣道。

“哈哈。”张路明发出惯有的笑声。

到了西安，同学们特意到周边走了走，青山绿水古朝都，绿树葱翠，渭水长流，生态环境发生了很大的变化。张路明对于环境的关注，还要从40年前说起。

大二的一个下午，校园里和以往没有什么两样，张路明和同学们在球场踢球。忽然间，天边一下子变成了黄色，像一张巨大的网朝学校的方向压过来，速度非常快。张路明说，当时的情况就像现在的末日电影。同学们撒腿往宿舍跑，还没进宿舍楼，已是天昏地暗，宿舍楼、教学楼、操场都隐没在沙尘里。什么都看不见了，唯留下宿舍楼里亮起的灯泛着荧光。

沙尘暴很快过去了，宿舍里留下了痕迹，床上、桌子上到处都是黄沙。张路明在那一刻意识到，什么叫对天地的敬畏，什么叫对自然的敬畏。他看到了人类的渺小。

如今，那场风沙，依然是饭桌上的谈资。

耳顺之年，同学们大部分已经从岗位上退下来，心境自然别有一番味道。他们谈周游世界的苦乐酸甜，讲儿孙绕膝的天伦之乐，当然也少不了回忆当年的青葱年华。酒

西电 2803 班毕业 40 年聚会合照（左七为张路明）

过三巡，故事更加浪漫，张路明露出了笑容。

秦岭，中国南北的界山，一南一北衍生了不同的社会风俗与生活习惯。班里的同学来自全国各地，湖南、湖北、贵州、陕西、山西、辽宁、浙江、北京的学生都有。

西安的餐饮，包括食堂里的面食，不太适合南方的学生。张路明说，吃了面食不禁饿，就像是北方的学生不习惯吃米饭一样，怕是各有各的消化酶吧。正因如此，抢米饭就成了让南方的同学伤脑筋又费体力的活了。

为了能吃上米饭，每天上午的第四节课，都会有南方的同学逃课，拿上一摞碗，到食堂打米饭，同学们轮流去排队。

20 世纪 80 年代还是计划经济时期，70% 的细粮搭配 30% 的粗粮。食堂早餐有玉米面做的黄金大饼，金黄色的很好看，但热的时候还能吃，凉了会刺嗓子。每天早上，张路明买一张玉米饼，趁热吃半张，另外半张要在上两节课后用开水泡着吃下。否则会卡在嗓子眼，断然是咽不下去的。虽然现在吃粗粮成了时尚，但对于张路明来说则是非常痛苦的记忆。

现在张路明退休了，虽然被返聘，但少了以往的工作压力。有时间了，他就想出去走走。张路明觉得，这么多年没有时间出去，虽然出差到过一些城市，但是完成工作后就匆匆返程，根本没有闲情去玩。他在网上看过很多视频，看到过一些国外的景色，但总觉得中国的自然风景是最美的。

后 记

采访中，我用了“点化”一词，来形容张路明对于难题的攻坚与同事的信任。张路明说：“哪里敢说点化，点化是建立在已有经验基础上的，而每一次新任务都是新的挑战、新的课题，没有经验可言，是不可能有点化的。”他只是和同事们一起探索，寻找解决问题的方案，把问题解决。所以，不能称为“点化”。

在采访现任路明实验室负责人林锡贵时，他充满激情地讲，路哥是神一样的存在，无形中，把“点化”这个话题又拉了回来。在海格，攻坚遇到困阻都会找到张路明，只要是张路明出手，问题都能得到解决。

金手指点石成金，巧思路化繁为简，化难题为利器，化攻坚为效益。就在每次实验不可知的情况下，实验过程的千变万化中，张路明出神入化般地把一个个难题化解。

而每一次攻坚都如一场战事，如同张路明所讲，每一次竞标都是一场生死大考。生死存亡系于张路明身上，“战神”的称号，也就不知不觉在坊间传开。

到了知天命的年纪，张路明捧起了《道德经》。“上善若水，水善利万物而不争”，是张路明认为最好的状态。“居善地，心善渊，与善仁，言善信，正善治，事善能，动善时。夫唯不争，故无尤。”水是大国工匠形象化的表达，处众人之所恶，却莫能与之争。

大国工匠，是对年轻人就业的引导规划；把本分的事情做好，是职业精神的体现。虽无轰轰烈烈，却可精彩纷呈。高级蓝领，一样可以享有国家荣誉，干一行，就要爱一行，干好一行。

采访之前，我一直在考虑将传主立于何处。张路明1980年考上大学，1984年到了改革开放的最前沿，直到2023年退休，他都在科研最前沿。每一步，都印合了改革开放的历史变迁，印合了科技发展的强劲动力，印合了中国从大国制造到大国创造的坚定步伐。

经过数天的采访，我找到了大国工匠之能、之巧，那便是法自然之大道，妙门自启。

张路明对外界的刺激并不敏感，他执着守护着内心的坚持与热爱。也因此，张路明的口头禅“没什么啦”，才具有了意义。

登高山而知天之高，临深溪而知地之厚。采访结束，我翻开笔记本的首页请张路明签名。他拿起笔一笔一画，工工整整地签上“张路明”三个字，仅用了右下角方寸之地。我没有去看张路明，眼神落在那一页纸上。那一瞬间，我意识到——留白，是张路明的谦和，是他的底色，正如他质朴中不失睿智，简单里但见底蕴。

看起来不善言谈的张路明，当将他的工作和生活展开时，你会发现不一样的理工男，不一样的大国工匠。他的生活被赋予了全新的、属于他自己的理解与阐释。干瘪、乏味、无趣，这样一个理工男的素描，在张路明这里被涂上了色彩。一如深夏与浅冬，一如苍茫与浓烈。日常的浅笑，与攻克难题的狂喜，刚柔相济，构成了张路明的人生。

“万物负阴而抱阳，冲气以为和。”用《道德经》中的这句话，对张路明施以概括，是最为恰当的了。

2025 年 3 月